KB212654

# 당연하지 않은 것들

# 당연하지 않은 것들

박세은 지음

일상에서 발견하는 감사한 순간들에 대해

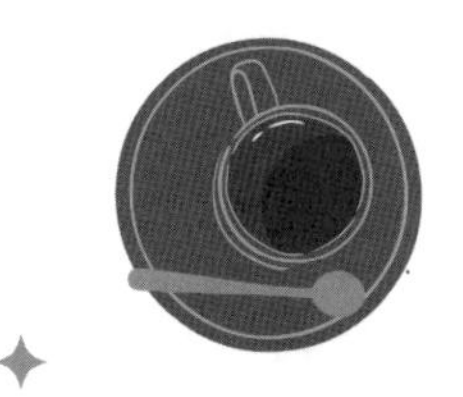

harmonybook

프롤로그

# 당신의 삶 속에서 감사한 순간이 있나요?

'감사'

무언가에 고마워하는 마음입니다.

어느 날, 저의 삶을 돌아보았습니다. 제가 살아가는 이유, 이 세상에 살면서 무엇을 해야 하는지를 떠올려보았습니다. 그러다가 문득 감사한 마음이 들었습니다. 살아있는 덕분에 감사를 누릴 수 있다는 것을 깨달았습니다. 밤에 자고 아침에 눈을 뜨는 그 순간도 감사해야 한다는 것을 알게 되었습니다. 새벽에 자다가 하늘의 부르심으로 여행을 떠나는 사람도 있으니까요.

저는 고등학생 시절, 학교 숙제가 감사 일기를 쓰는 것이었습니다. 기독교 대안학교를 다닌 덕분에 지금까지도 좋은 습관을 유지하고 있습니다.

처음 감사 일기를 썼을 때는 거침없이 종이에 적었습니다. 보통 누리고 있는 물질적인 것에 대한 이야기였습니다. 그러다가 점점

감사의 소재가 떨어지고 있다는 생각이 들었습니다. 저의 주변에서 두 손으로 머리를 싸매고 있는 친구들에게 교감 선생님께서 이렇게 말씀하셨습니다.

“이 세상에 감사한 게 얼마나 많니? 숨 쉬는 것도 감사하고, 손가락과 발가락이 열 개씩 있는 것도 감사하고!”

그 순간 머리를 한 대 맞은 것 같았습니다.

숨을 쉴 수 있는 것, 크게 아프지 않고 살아갈 수 있는 것, 가족이 있다는 것 등 뭔가 거창해 보이지 않는, 사소하게 느껴진 것들이 전부 감사해야 하는 것임을 깨달았습니다. 그날 이후, 그동안 보이지 않던 사소한 것들을 열심히 찾기 시작했습니다. 공부할 수 있음에 감사, 친구가 있음에 감사, 기도 제목을 나눌 수 있음에 감사 등 정말 다양한 감사 제목으로 일기를 썼습니다. 부정적으로 생각하는 것을 긍정적으로 해석하며 감사한 것을 기록하다 보니, 일상에서 마주하는 어려운 순간을 긍정적으로 생각할 수 있게 되었습니다. 이것 또한 감사함이죠! 저는 그때 누렸던 기쁨의 순간을 맛보았기 때문에, 힘들고 어려울 때 감사일기를 씁니다. 혼자 감사한 순간을 마주하다가, 다른 사람들과 제가 누린 감사함에 대해 나누면 더 좋을 것 같다는 생각이 들었습니다. 그래서 새로운 도전을 하려고 합니다! 제가 쓰는 글은 그저 한 사람의 감사한 순간들입니다. 그런데 이 글이 누군가에게 힘이 되었으면 좋겠다는 생각이 들었습니다. 실제로 주변에서 이야기를 들으니 힘이 된다는 말도 들었습니다. 그래서 더욱 나눠야겠다는 마음이 커졌습니다.

사람은 오래 기억할 수 없습니다. 아무리 기억력이 좋아도 매 순간을 기억할 수는 없습니다. 그래서 몇몇 사람들은 '기록'을 통해 소중한 추억을 남기기도 합니다. 본격적으로 감사한 순간을 만나기에 앞서 독자 여러분들에게 질문을 드리고 싶습니다.

당신의 삶 속에서 감사한 순간이 있나요?

무엇인가요?

여러분의 감사를 일상이라는 일기에 하나씩 써 내려가시길 추천드립니다.

감사합니다.

차례

# 1. 일상에서 마주한 감사

중학생 시절에 두 살 차이 나는 오빠가 나에게 이런 말을 했다.

"해 뜰 때 집 갈 수 있었으면 좋겠다. 좀 부럽네."
"왜?"
"난 고등학생이니까 야자 때문에 못 가잖아."

그때 깨달았다. 햇살의 따스한 느낌을 받을 수 있다는 게 감사함이라는 것을 말이다.

우리는 일상에서 감사할 거리가 정말 많다. 유치원에서 교사를 할 당시에 오빠의 마음을 더욱 이해할 수 있었다. 유치원에서 만 팔천보가 넘게 돌아다니면서 햇살이 따스하게 내릴 때 나가고 싶은 마음이 들었다. 금요일마다 오전에 실외청소를 했는데 그 시간이 잠깐의 숨통을 트일 수 있도록 도와주었다. 비록 모래바람과 함께했지만 그래도 좋았다.

어렸을 때부터 사람들에게 이야기를 들려주는 작가가 되고 싶었다. 그래서 잠시 교사의 직분을 내려놓고 온전히 내가 되었다. 월요일마다 그림책 놀이 지도사 강의를 들으러 다닌다. 강의 장소가 걸어 다닐 수 있을 정도의 거리여서 도보로 다닌다. 그때 자연과 마주한다. 우리 동네는 배산임수라고 할 정도로 도심 속의 시골마을이다. 온통 초록색으로 물들어 있고, 물이 흐른다. 거기에다가 바람이 살짝 불면 풀냄새가 가득하다. 살랑거리는 바람을 느끼며 강의 장소로 향한다. 2시간이 지나고 수업 시간이 끝나면 왔던 길을 되돌아간다. 아침에 시원한 바람은 온 데 간 데 없고, 따스한 햇살이 반겨준다. 집으로 가는 길에는 햇살이라는 친구와 함께 가는 것이다. 잠시 충전하는 시간에 이렇게 자연을 마음껏 누릴 수 있다는 것에 너무 감사한 마음이 들었다. 부정적인 생각이 들 틈도 없이, 긍정적으로 삶을 바라볼 수 있도록 도와주었다.

어느 날은 근처에서 일하시는 지인과 점심시간을 함께 했다. 초등학생 때부터 알고 지낸 사이인데, 벌써 10년이 더 훌쩍 지났다. 그분은 나를 보시더니, "아이고~ 진짜 완전 아이였는데! 너무 신기하다! 그렇지?"라고 말씀하셨다. "그러게요, 제가 벌써 성인이 되었다니! 시간이 너무 빠르게 지나가요."라며 공감했다. 그렇게 우리는 일상 이야기를 나누었다. 서로의 이야기를 열심히 들어주며 공감했다. 그렇게 점심 시간이 지나고, 다시 각자의 삶을 향해 나아가야 했다. 내 할 일을 하기 위해 근처 카페로 가는 길에 문득 뭔가 떠올랐다.

'내 주변에는 정말 좋은 사람들이 많구나!'

내가 지금까지 살아오면서 만난 사람들을 생각했다. 나와 색깔이 너무 달라서 관계를 마무리한 사람도 있지만, 반대로 지금까지 좋은 관계를 유지하는 사람도 있었다. 서로의 색깔을 존중하고 이해하는 사람들. 그렇게 떠오른 감사함을 감사 일기에 써 내려가기 시작했다. 좋은 사람들을 많이 만나게 해주심에 감사!

① 일상에서 느낀 감사함이 있나요?

② 오늘 감사한 점은 무엇인가요?

## 2. 실컷 울고 알게 된 것들(1)
### – 울어야만 깨닫는 것

나는 어렸을 때 눈물이 많았다. 슬플 때, 화날 때, 억울할 때 언제든지 눈물을 자유자재로 다룰 수 있었다. 눈물을 흘림으로써 감정을 승화하는 것이다. 그런데 언제부터인가 점점 조금씩 눈물이 사라졌다. 좋게 표현하자면, 조금 더 강해졌다.

이제 막 갓 스무 살이 되었을 무렵, 정말 열심히 살았다. 학비를 벌기 위해 학업 생활을 열심히 하고, 내 용돈을 마련하기 위해 일을 하였다. 항상 부모님께 도움을 받을 수 없으니 내가 할 수 있는 선에서 책임을 지고 싶었다. 그리고 신앙생활도 열심히 하였다. 신앙심을 기르기 위해 무언가를 많이 한다는 의미보다는, 정말 사람의 힘으로는 아무것도 할 수 없다는 것을 깨닫는 그런 순간을 많이 마주할 때 인정하고 기도하는 시간을 많이 가졌다.

대학교 1학년 생활이 마무리될 쯤에 코로나가 생겼다. 점점 심해지자, 국가는 위험성을 판단하여 2학년 때는 수업이 비대면으로 전환되었다. 비대면인 만큼 해야 하는 과제의 양이 늘었다. 수업을 제대로 듣고 있는지 아닌지를 판단하기 위함이었다. 엄마는 내가 어렸을 때부터 놀기 전에 항상 그날 할 일을 끝내고 놀아야 한다고 말씀하셨다. 이러한 엄마의 교육방침 덕분에 좋은 습관을 가지고 있다. 그래서 대학생 때도 미리 할 일을 다 하고 내 시간을 가졌다. 나에게 정신적으로 큰 충격을 주었던 그 당시에도 말이다. 조별 과제를 수행하기 위해 오전부터 줌(zoom-온라인 화상 회의 매체)을 켜고 조별 모임을 하고 있었다. 그 순간 내 휴대폰에서 진동이 울렸다. 누군가에게 전화가 걸려 온 것이다. 평소에 모르는 번호는 상대도 안 하는데, 왠지 그 순간만큼은 전화를 받아야겠다는 생각이 들었다. 그렇게 전화를 받았고, 전화를 건 상대로부터 엄청난 일이 벌어졌다는 사실을 깨달았다. 전화기 너머로 강하고 굵은 남자 목소리가 들렸다.

"여보세요? 혹시 박세은씨 맞으신가요?"

상대방은 갑자기 나의 신원을 물어보았다.

"예, 맞는데요. 누구세요?"
"아 그럼 혹시 박XX씨 아시나요?"
"네…. 알죠…. 저의 오빠인데요 혹시 무슨 일이신가요?"
"어…. 지금 경찰서로 와주셔야겠는데요? 박XX씨가 죽었어요. 발견한 사람이 신고를 했는데, 시간이 좀 지난 것 같아요. 혹시 오늘 박XX씨랑 만나셨나요? 오늘 최근 통화에 박세은씨가 있어서 확인차 전화 걸었어요."

"아니요. 오늘 만난 적이 없어요. 일어났는데 저에게 큰 금액의 용돈을 보냈길래, 평소 행동과 조금 달라서 전화를 했었거든요. 그래서 제가 마지막으로 찍혀 있었나 봐요. 일단은 제가 경찰서로 갈 수 있는 상황이 아니라서 부모님께 연락드릴게요."

"예, 그럼 지금 전화드린 번호도 함께 전달해 주세요."

"네…. 알겠습니다…."

전화를 끊고 나서 제발 이것이 보이스 피싱이기를 바랐다. 내가 지금 무슨 이야기를 들은 건지, 상황이 어떻게 흘러가고 있는지 예상할 수 없을 정도로 혼란스러웠다. 얼마나 정신을 놓았는지 그냥 하염없이 창밖을 바라보았다. 마치 아무 일도 없는 것처럼 고요하게 시간이 흘렀다. 이럴 때일수록 당황하지 않고 침착해야 한다는 생각이 들어서 다시 정신줄을 붙잡았다. 엄마에게 전화를 걸어서 방금 알게 된 이 충격적인 사실을 알려 드렸다. 이후에는 같이 조별 모임을 하고 있던 사람들 중 한 언니에게 조심스럽게 이야기를 하였다. 집안의 부득이한 사정으로 인해 지금 함께 회의를 할 수 없는 상황임을 알렸다. 그렇게 전화를 끊고 또 다시 창문이 뚫어져라 하늘을 쳐다봤다. 이게 지금 어떻게 돌아가고 있는 걸까. 정말 보이스 피싱이 아닌 건가.

수많은 생각이 점점 들 때마다, 나를 부정적인 생각을 하게끔 만들었다. 그 순간 점점 감정이 격해지기 시작했다. 화가 난 건지, 속상한 건지, 둘 다 인지 모르겠지만 복합적인 감정이 들며 얼굴에 열이 올랐다. 참았던 눈물이 발그레한 뺨을 타고 흘러내렸다. 얼마나 한참을 울었는지 호흡이 정상적으로 되지 않아서 숨을 헐떡였다. 이러다가 몸에 있는 수분이 다 마를 것 같아서 물을 한 모금 마셨다. 그래도 물을 마시니 상태가 조금 괜찮아졌다. 서서히 괜찮아질 때쯤 오늘 오후에 강의 2개가 있다는 것이 생각났다. 교수님께 집안 사정을 알려 드려야 하는데 말씀드리기 싫었다. 그래서 그냥 수업 시간에 마이크와 화면을 꺼도 되는지만 여쭤 보았다. 예상한 결과지만, 당연히 교수님은 안 된다고 하셨다. 나오려던 눈물을 꾹 참고 물어보다가 거절당하니 이유를 말씀드려야겠다는 생각이 들었다. 그 순간 또다시 눈물이 흘렀고 어린아이처럼 펑펑 울었다. 수화기 너머로 당황하신 교수님의 목소리가 들렸다. 상황을 알게 되신 후에는 지금 수업을 들을 때가 아니라며, 출석으로 인정하고 알아서 처리할 테니 어서 가보라고 하셨다. 나는 교수님께 "엄마가 무슨 일이 있든지, 어떤 상황에서든지 자기 자리를 잘 지켜야 한다고 하셨어요. 그래서 저는 제 자리를 지키고 싶어요. 수업을 다 듣고 가겠습니다."라고 말씀드렸다. 그렇게 두 분의 교수님께 양해를 구했고, 결국 오후 수업을 다 듣고 난 후에야 장례식장을 갈 수 있게 되었다.

나는 그 당시 적절한 선택을 했다고 생각한다. 그게 내 최선의 선택이었다. 당시에 공부를 포기하지 않은 덕분에, 결국 좋은 성적을 거두어 장학금도 받게 되었다. 그리고 감정적인 부분에 휘둘리지 않고 마음의 중심을 잘 지켜서, 지금까지도 어떠한 상황에서든지 이성적으로 생각하고 판단할 수 있게 되었다. 그때 그런 힘든 시기가 있지 않았더라면, 견디고 이겨낸 순간이 없었더라면 지금쯤 나는 제자리걸음을 하고 있지 않았을까 싶다.

① 정말 힘든 순간에 지속하던 일을 끝까지 한 적이 있나요?

② 가장 마음이 힘들었던 때가 언제인가요? 무슨 일이었나요?

# 3. 실컷 울고 알게 된 것들(2)
## - 없어져야만 보이는 것

넘어져야만 보이는 것이 있다. 우리는 서 있을 때 땅에 있는 개미를 잘 보지 못한다. 그러나 넘어졌을 때 땅과 내가 바라보는 시선이 가까워진다. 그렇게 땅에서 뽈뽈뽈 열심히 움직이는 개미를 볼 수 있게 된다.

삶을 살아갈 때 힘든 순간을 마주한 경험이 있어야 앞으로 나아갈 수 있다. 그리고 많이 넘어질수록 어떻게 하면 안 아프게 넘어질 수 있을지, 건강하게 살아갈 수 있을지 깨닫는다. 자전거에서 넘어질 때도 옆으로 잘 넘어져야 그나마 덜 다칠 수 있는 것처럼 말이다. 그렇게 나는 오뚝이가 되었다. 내 인생에 어떠한 어려움이 와도, 내가 지금 할 수 있는 최선의 방법은 무엇인지 생각할 수 있게 되었다. 이 또한 사람의 힘으로 되는 게 아니라, 신의 도우심이라는 것을 알게 되었다. 정말 어려운 상황에서 나오는 초월적인 힘 그런 거 말이다. 이전보다 눈물이 조금 줄어들기는 했지만 싫지는 않다. 그만큼 마음이 단단해지고 강해졌다는 것이니까.

실컷 울고 깨달았다. 내 인생에서 정말 감사한 게 많다는 것을 말이다. 소중한 무언가가 내 곁을 떠나고 나니 깨달았다. 엄마의 소원은 장례식장에 오빠와 함께 했던 사진을 붙이는 것이었다. 소원을 듣고 조금 떨떠름했다. 누가 장례식장 벽면에 죽은 사람의 사진을 붙일까? 처음에는 비정상적인 의견이라고 생각했다. 그런데 이유를 듣고 나니 생각이 바뀌었다. 마치 돌잔치를 하는 것처럼, 기쁜 마음으로 잘 갈 수 있게 하자는 의미였다. 오빠와 함께했을 때 그 순간 느꼈던 행복함을 보내주는 그 순간에도 누릴 수 있도록 하자는 것이다. 그렇게 우리는 장례식장 벽면에 덕지덕지 가족사진을 붙였다. 어렸을 때 외가 식구들과 여행했던 사진, 추운 겨울에 코와 볼이 새빨개지도록 놀았던 그날 등 오빠와의 추억이 담긴 사진을 우리 가족만의 방식으로 회상하였다. 조문을 오는 몇몇 사람들의 시선이 뚱해도, 크게 신경 쓰지 않았다.

내가 살아가고 있는 이 순간이 당연한 것이 아님을 실컷 울고 나서야 깨달았다. 그래서 살아 있는 동안 신이 나에게 주신 달란트를 열심히 사용해야겠다고 생각하였다. 우리는 언제 이 세상을 떠날지 모르기 때문이다.

슬픔이 폭풍우처럼 크게 몰아치던 날, 생각보다 죽음이 가까이 있다는 것을 깨달았다. 우리는 오늘 당장 죽을 수도 있다. 그날 이후 언제든지 이 세상을 떠나도 미련이 남지 않도록, 열심히 최선을 다해서 살아야겠다고 다짐하였다. 오빠가 이제 내 곁에 없다는 부재의 순간에, 충분히 감사함을 누릴 수 있다는 것을 왜 몰랐을까 후회하는 마음이 들었다. 같이 놀자는 말에 과제하던 것을 잠시 멈추고 같이 놀걸. 차라리 집착을 해서 힘든 게 있는지 꼬치꼬치 물어볼걸. 조금 더 사이좋게, 가까이 지낼걸. 그런데 후회해도 소용이 없다. 이미 세상을 떠난 사람이 살아 돌아올 수도 없으니까. 되지도 않는 기도를 하기도 했다. 영안실에 누워 있는 사람이 깨어나서 살 수 있도록 도와달라며 말이다. 그렇게 나만의 방식으로 오빠를 떠나보냈다. 정말 가까운 사람이 떠난 후에, 지금 나와 함께하는 가족들도 언제든지 떠날 수도 있다는 생각이 들었다. 시간이 흐르고, 나이가 들고, 그렇게 또 흘러가니까. 그날 이후 평소에 생각했던 것보다 더 사소한 것들이 있음을 깨달았다. 내가 살아갈 수 있는 집이 있다는 것에 감사, 가족과 식사할 수 있다는 것에 감사, 부모가 있다는 것에 감사. 둘째라서 불만이 많았지만, 지금까지 살아오면서 얻은 것들도 많다는 것에 감사. 그렇게 없어져야만 보이는 것, 그것을 발견했다. 그렇게 또 발견할 수 있게 해주심에 감사. 내가 이 세상을 살아갈 수 있음에 감사. 힘든 순간에도 부정적으로 생각하지 않고, 긍정적으로 생각할 수 있도록 이끌어주심에 감사. 그리고 무엇보다 유가족의 마음을 더 잘 알 수 있게 되었다. 2014년에 세월호 사건을 바라볼 때 유가족들이 힘들겠다고 생각한 것과 정말 온몸으로 그 아픔을 느끼는 것은 차원이 달랐다. 그 이후에는 삶의 희망을 잃은 사람들에게 따스한 햇살이 되어주어야겠다는 생각이 들었다. 어둠 속에서 성냥

개비에 불 하나만 켜도 환하게 빛나는 것처럼 말이다. 어떻게 하면 그들을 도울 수 있을지 생각해보게 되었고, 내가 좋아하고 잘하는 글쓰기와 연결 지어서 책으로 다가가야겠다는 생각이 들었다. 그렇게 더욱 작가가 되고 싶었다. 그들의 삶에 공감하고 위로하며 힘을 주기 위해서 최선을 다하고 싶은 마음이다.

① 소중한 사람과 찍은 추억이 담긴 사진이 있나요?

② 누군가의 빈자리를 느껴본 적이 있나요? 마음은 어땠나요?

# 4. 넘어져도 괜찮아, 다시 일어나면 되지

나는 어렸을 때 험하게 놀았다. 오빠들이 높은 곳에서 뛰어내리고 멋지게 모래 바닥에 착지하는 모습을 보고 따라 했다. 그네를 열심히 타다가 점프하기도 했다. 웃픈 게(웃기면서도 슬픈 게) 거의 항상 다치는 사람은 나였다. 뛰어다니다가 넘어지고, 술래잡기하다가 넘어지고 늘 우당탕탕이었다. 엄마는 그런 내 모습을 보시며 이렇게 말씀하셨다.

"괜찮아? 옷 툭툭 털어. 에고 조심 좀 하지~"

평온한 표정으로 별 거 아닌 것처럼 묻은 모래를 툭툭 털라는 엄마의 말씀이 넘어져서 다친 일이 정말 아무것도 아닌 것처럼 느껴지게 했다. 넘어짐에 너무 집중하지 않고 훌훌 털어버릴 수 있게 도와주었다.

나는 엄마를 사자로 표현한다. 평소에 그림 그리는 것을 좋아하는데, 가족을 동물로 그렸다. 엄마는 늘 사자였다.

"내가 왜 사자야?"

정말 몰라서 질문하시는 것 같은 표정이었다.

“엄마는 자녀를 강하게 키우시잖아요. 그렇다고 해서 완전 내버려두시는 건 아니고, 멀리서 우리가 잘하고 있는지 지켜보시잖아요. 정말 필요하거나 위급할 때는 도와주시고요.”

“좋은 의미지?”

“음… 아마? 엄마가 사자라서 그래도 나름 잘 큰 것 같은데요?”

나는 사자 같은 엄마가 좋다. 정말 힘든 상황을 마주했을 때 정신을 차리고 지금 내가 할 수 있는 최선을 생각하게 도와준다. 이 방법은 고등학생 때 더욱 빛을 발했다. 고등학생 시절, 대안학교에 다녔다. 몇몇 사람들은 대안학교를 다닌다고 하면 무슨 문제가 있어서 일반 고등학교가 아닌 대안학교를 다니는 것인지 의심의 눈초리를 했지만, 그런 이유로 기독교 대안학교를 선택한 것은 아니다. 학교 상황을 잘 모르고 입학을 해서, 학교를 다니면서 내부 상황이 어려워지고 있다는 사실을 깨달았다. 학생들과 교사들이 하나둘씩 떠났고, 결국 학교는 재정적인 문제를 이기지 못했다. 불안한 상황 가운데 놓인 학교를 보며 나도 얼른 이 학교를 탈출하고 싶었다. 이렇게 불안한 마음을 가지고 학교를 다니느니, 차라리 대학교를 빨리 가는 게 낫겠다는 생각이 들었다. 학교와 집의 거리가 멀어서 기숙사 생활을 해서 거의 매일 밤, 엄마에게 전화를 걸어 울분을 토했다. 제발 여기서 나가게 해달라고 말이다. 그런데 돌아오는 대답은 나의 생각과 전혀 달랐다.

"우리는 언제나 어디서나 어떤 순간에도 항상 자기의 자리를 지켜야 해. 그렇게 하지 않으면 삶의 균형을 잃어."

그때 엄마가 나에게 해주신 말씀이 그날 이후로 힘들고 어려운 상황에서 가장 먼저 떠오른다. 마치 어린 시절에 넘어졌을 때, "괜찮아! 다시 일어나면 되지! 일어나!"라고 하시는 것처럼 느껴졌다.

우리는 늘 넘어진다. 그리고 다시 일어난다. 넘어질 수 있음에, 다시 일어날 수 있음에 감사하다. 그리고 이러한 모습을 보며 괜찮다고 해주시는 엄마가 있음에 감사하다.

① 넘어졌을 때 곁에 있어준 사람이 있나요?

② 넘어졌을 때 툭툭 털고 일어나는 편인가요? 그렇지 않다면 이유가 무엇일까요?

# 5. 원래 우리는 서로 다르다
## - 장점 찾아주기 프로젝트

사람은 서로 다르다. 아무리 똑 닮은 쌍둥이라도 다른 점이 있다. 피 한방울도 안 섞인 사람은 얼마나 다를까. 우리는 일상에서 다름을 발견한다. 다름에서 보이는 것이 있다. 생김새, 성격, 특징, 대화 방법, 잘하는 것 등의 차이가 있다.

대학 시절, 4년 내내 붙어 다니던 언니가 있다. 언니와 함께하면서 단 한 번도 부딪힌 적이 없었다. 그 일이 있기 전까지는. 평소에 우리는 의견이 부딪힐 일이 없었다. 그만큼 상대방의 의견을 존중하였다. 그런데 조별 과제를 할 때는 문제 상황을 마주하였다.

계획형인 나는 미리 해놓는 것을 선호한다. 반대로 언니는 나중에 해야 두뇌 회전이 잘 되는 편이어서 미루다가 과제 제출 기한이 얼마 안 남았을 때 하는 것을 선호한다. 계획형인 나는 마음을 졸이면서 과제를 하고 싶지 않아서 언니에게 미리 하자고 이야기를 하였다. 우리는 거기에서 부딪혔다. 나는 언니에게 왜 그렇게까지 미루냐며 툴툴거렸고, 언니는 나에게 굳이 그렇게까지 미리 할 필요가 있냐며 툴툴거렸다. 그렇게 우리는 서로에게 서운함을 느꼈다. 자신의 상황을 이해해주지 않은 마음에 말이다. 시간이 지나고 서로의 이야기를 더 듣고 나서 타협점을 찾고 맞추려고 노력하였다. 어느 한 사람이 잘못한 이유가 있어서 틀어진 게 아니라, 서로 다름의 차이를 이해하는 과정이 필요했던 것이다.

조별 과제를 하면서 회의를 할 때 나는 열심히 아이디어를 냈고 언니는 주로 들어주었다. 내 이야기를 들으면서 현실에서 적용이 가능한 것들을 선별하였다. 그렇게 우리는 손발이 잘 맞았다. 각자 잘하는 게 있었고, 다른 부분은 양보하며 맞춰나갔다.

많은 사람 앞에서 발표를 해야 하는 과제가 있었다. 사람들 앞에 나서기에는 너무 쑥스러웠던 언니는 열심히 발표를 준비하는 것을 도와주었다. 반대로 발표하는 것을 두려워하지 않았던 나는 씩씩하게 앞에 나가서 발표하였다. 그렇게 우리는 서로의 장점이 잘 드러날 수 있도록 도와주었다.

핵심을 쏙쏙 잘 골라내는 언니의 달란트와 글쓰기를 좋아하고 많이 써본 나의 달란트를 조화롭게 섞었다. 언니는 발표할 때 어떤 것을 중점으로 말하면 좋을지 의견을 냈고, 나는 어떻게 하면 발표할 때 매끄럽고 자연스럽게 잘 흘러갈 수 있도록 할 수 있을지 의견을 냈다.

언니와 대화방법도 달랐다. 나는 거절을 해야 하는 상황에서는 의견을 표현하는 편이다. 그러나 언니는 상대방의 기분과 상황을 생각하며, 거절하고 싶은 순간에도 어쩔 수 없이 받아들이는 모습도 보였다. 우리는 서로를 대단하다고 생각하였다. 자신의 생각을 정리해서 당당하게 이야기하는 나의 모습, 사람들의 입장을 생각하고 또 생각하는 그런 따뜻한 언니의 모습. 우리는 4년 동안 서로의 다른 모습을 보며 성장하였다. 그렇게 정말 많은 것이 달라도 인간관계를 잘할 수 있다는 것을 알게 되었다.

① 나의 달란트는 무엇인가요?

② 가장 친한 사람의 달란트를 떠올려보세요.

③ 정말 미워 보이는 사람의 달란트를 떠올려보세요.

## 6. 주름진 손에서 느껴지는 지난 세월

### - 세상에서 가장 아름다운 주름

사방이 밝은 아침, 눈을 비비적대며 일어난다. 정신을 차릴 수 있을 만큼의 차가운 물에 세수를 하고 입안이 상쾌하게 양치를 한다. 아침 밥상을 차리고, 일어난 지 얼마 안 되었다는 사실이 티가 날 정도로 후들거리는 다리를 조심조심 옮겨 식사를 하기 위해 의자에 털썩 앉는다. 왠지 모르게 전 날 한 잔 들이켠 사람처럼 축 늘어진 상태로 말이다.

"밤에 제발 좀 일찍 자면 안 돼?"

글쓰기에 온통 관심이 쏠려 배움을 얻고 나의 삶을 살고 싶은 마음에 글쓰기 선언을 한 이후에는 낮과 밤이 바뀌었다.

"새벽에 글이 잘 써져요."

사실 핑계다. 그냥 고요한 시간에 혼자만의 시간을 가지며 놀고 삶은 스물 넘은 사람일 뿐.

엄마가 보글보글 끓여주신 김치찌개 국물을 한 숟가락 떠서 밥과 함께 먹었다.

“우리 엄마는 진짜 요리를 잘하나 봐~”

“으이그~ 그거 이모들 앞에서 말하면 다 웃을라!”

“뭐 어쩌면 내가 엄마 손맛에 길들여졌을 수도 있고.”

그렇게 수다스러운 아침 식사를 하고 있던 중에 엄마가 갑자기 웃음이 빵 터져버리셨다.

“와하하하하 우하하하하!!!”

“엄… 엄마 왜 그러세요…. 무섭게….”

“아니 글쎄 있잖아! 지난번에 외할머니 뵈러 외가 동네 갔었거든? 그때 이발소 아주머니가 하신 말씀이 떠올라서!”

도대체 무슨 말씀을 하신 건지 궁금한 마음에 동그랗던 눈이 더 동그래졌다.

“예전에 네가 아주머니한테 몇 살이냐고 물어봤대. 그랬더니 아주머니가 엄마는 몇 살인지 물어보신 거지?”

"응, 그래서 어떻게 되었어요?"

"그래서 네가 서른몇 살인가 아무튼 그렇게 이야기했나 봐! 그랬더니 아주머니가 엄마랑 나이가 같다고 하셨대! 그런데 그 다음이 너무 웃겨!"

마치 드라마의 한 장면이 흘러가듯 긴장감이 높아졌다. 과연 어렸을 때의 나는 어떻게 말했을까.

"글쎄 네가 아주머니 손을 보면서 우리 엄마 손이랑 다르다고, 오히려 외할머니 손이랑 닮아간다고 그랬다는 거야!"

그 순간 나는 눈을 꼭 감으며 함박웃음을 지으며 말했다.

"와하하하하하!! 어렸을 때도 꽤 솔직했는 걸? 근데 지금은 아주머니 연세 알아요. 엄마랑 스무 몇 살인가, 아무튼 스무 살 정도 차이가 나시는 것 같은데요?"

"맞아 한 그쯤 차이가 나지. 19살 정도?"

"뭐야 그럼 우리 할머니 손 닮아가시는 게 맞잖아!"

손에 있는 주름에 대해서 이야기를 하다가 무심코 엄마의 손을 보았다. 분명 이발소 아주머니의 손에 대한 이야기를 나눴을 무렵, 어린 시절의 엄마의 손을 이렇게까지 주름이 많지는 않았는데. 엄마 손도 할머니 손을 닮아가고 있었다. 살은 빠지고 도로에 난 길처럼 이리저리 선이 보였다.

"우리 엄마 손도 할머니 손 닮아가네."

나는 그 순간 눈물이 왈칵 흘러내릴 것 같았다. 세월이 어찌 이렇게 빠르게 지나갔는지, 엄마도 나도 나이 들어가고 있었다. 흘러가는 시간 동안 엄마의 손을 잡은 사람들이 정말 많겠지? 도움을 요청하는 환자들의 손, 엄마를 부르며 살포시 잡는 고사리 같은 자녀들의 손, 함께 기도해 달라며 마주 잡은 동역자들의 손, 달그락거리는 소리가 울려 퍼지도록 움직이며 물과 함께 맞닿은 손. 주름 진 손에서 느껴지는 엄마의 세월. 마치 도자기에 조각한 것처럼 한 땀 한 땀 정성스럽게 만들어진 엄마의 주름. 돈을 주고 살 수 없는 세월. 지나온 시간이 고스란히 손에 담겨 있었다.

① 나의 손을 들여다보세요. 주름이 있나요?

② 부모님의 손을 들여다보세요. 주름이 어떤 모양인가요?

③ 주름은 무엇을 의미한다고 생각하나요?

# 7. 그래서 감사, 그러니까 감사, 그럼에도 감사

이 세상에는 정말 감사해야 할 것이 많다. 그런데 우리는 화가 나고, 짜증이 나고, 답답한 심정으로 인해 밖으로 먼저 표출할 때가 생각보다 많다. 물론 나도 이성보다 감정이 앞설 때가 있다. 이것은 왜 이럴까, 저것은 왜 저럴까 온갖 불평불만을 토로하고 싶은 것이 떠오른다. 그리고 열심히 내뱉을 때가 있었다. 시간이 지난 후에는 후회스러운 마음이 들었다. '내가 너무 어리석었구나' 하며 말이다.

나는 고등학생 때 기독교 대안학교 진학을 원했지만, 부모님의 의견이 다르셔서 일반 고등학교에 진학을 해야했다. 아쉬움을 뒤로 하고 그냥 주어진 상황을 받아들여야지 생각하던 찰나에 기적이 일어났다. 기독교 대안학교를 가도 된다는 아빠의 허락이 떨어진 것이다. 그렇게 나는 입학식 때, 처음 뵙는 담임 선생님과 인사를 나누며 하루 만에 일반계 고등학교를 떠났다. 이미 사놓은 새 교복, 새 교과서가 완전히 환불 처리가 되지는 않았지만, 그래도 학교를 갈 생각에 두근거리고 기대되었다. 그날이 있기 전까지는.

새로운 고등학교에서 마주한 광경은 정말 놀라웠다. 예의 바르게 인사하는 친구들이 많았다. 어른에게 인사를 드리는 모습이 당연한 것이라고 생각할 수도 있다. 그러나 요즘에는 그런 모습을 찾기가 쉽지 않아서 그런지 대단해 보였다.

기독교 학교일수록 더 조심해야 한다는 것을 고등학교를 다니면서 알게 되었다. 이단, 사이비 단체에서 아무 의심이 안 들게 몰래 사람을 심어놓을 수도 있기 때문이다. 그래서 한동안은 서로 의심하고 경계할 때도 있었다. 학교에서 한바탕 난리가 난 적이 있다. 신이 아닌 사람이기 때문에 돈, 욕심을 이기지 못한 경우가 있었고, 그대로 어둠에 끌려간 것이다. 위에 있는 관리자를 담당하고 있는 사람들이 처절히 무너져 내리니 학교는 금방 넘어졌다. 선생님들, 학생들이 하나둘씩 학교를 떠났다. 그렇게 건물이 한층씩 사라졌다. 결국 하나의 층만 남게 되었다. 우리 학교는 상가 건물을 빌려서 운영했기 때문에 심각하게 매우 열악한 상황이 되었다. 타지에 사는 학생들은 큰 어려움을 마주해야만 하였다. 그동안 먹고 자며 생활하던 기숙사가 사라졌기 때문에 어디에서 자야 하는지, 어떻게 씻어야 할지, 밥은 어떻게 해 먹어야 하는지 해결해야 할 것들이 정말 많았다. 내가 학교에 들어온 지 불과 1년도 안 된 사이에 벌어진 일이다. 그 순간, 그동안에 누렸던 것들이 정말 감사해야 하는 것이었다는 사실을 깨달았다. 제대로 된

기숙사 시설이 있었음에 감사함을 느끼는 마음 말이다.

우리가 살아야 하는 곳은 그냥 교실 한 칸이었다. 문단속이 안 되고, 냉난방도 잘 안 되는 정말 열악한 환경이었다. 과연 이런 곳에서 언제까지 생활할 수 있을지 한숨이 나왔다. 그러다가 갑자기 생각이 바뀌었다. 내가 지금 당장 잘 수 있는 곳이 생겨서 학교를 다닐 수 있다며 감사함을 느낀 것이다. 여러 부분에서 재주가 많으신 교감 선생님께서는 여자 공중 화장실에 샤워 부스를 설치해 주셨다. 한겨울에 찬물 샤워를 하던 날도 있었다. 머리끝까지 정신 차리게 할 정도로 강력한 온도! 군대를 가본 적이 없지만, 학생이 훈련하는 군대 같았다. 그래도 씻을 수 있음에 감사하였다.

원래 일요일 밤에 학교가 있는 곳으로 올라가고 금요일 저녁에 집으로 내려왔다. 그런데 일요일에 교감 선생님께서 안 계셔서 월요일 새벽에 올라가는 것으로 변경되었다. 학교와 집을 오가면서 나의 이중생활에 대해 생각하였다. 학교에서 생활하는 동안에는 정말 형편이 어려웠다. 여름에는 마치 해를 학교에 들여놓은 것처럼 너무 더웠고, 겨울에는 눈사람이 함께 놀자며 부비적대는 것처럼 매우 추웠다. 집은 남향이라서 여름에는 선선하고 겨울에는 따뜻한데, 학교에서는 그동안 하지 않았던 새로운 경험을 하는 것이다. 학교에서는 주로 즉석식품으로 식사하였다. 그런데 집으로 내려오면 즉석식품은 어디 갔는지 보이지도 않고, 엄마가 요리해 주시는 집밥이 나를 기다리고 있었다. 문득 엄마 앞에서 이렇게 말씀 드렸다.

“엄마, 나는 학교에서는 정말 열악하게 생활하는데, 집에 오면 부르주아 같아요.”

내 이야기를 듣고 계시던 엄마는 웃음이 빵 터지셨다. 그러면서 나에게 이유를 물으셨다.

“학교에서 생활할 때는 환경이 열악해서 그것대로 살아야 하는데, 집에 오면 걱정 없이 그냥 살 수 있잖아요. 집 따뜻하고 손빨래 많이 안 해도 되고. 학교에 있는 세탁기는 늘 말썽이라 추운 겨울에도 조물조물 손빨래해야 되거든요.”
“그 학교에서 열심히 감사함을 깨달아야 하나보다.”
“그런가 봐요. 내가 평소에 감사하다고 생각하지 못했던 것들이 감사해야 하는 것이었다는 사실을 깨닫게 해주니까요.”

고등학생 시절, 열악한 환경에서 살면서 힘들었지만 그만큼 돈을 주고 살 수 없을 정도의 값진 경험을 많이 할 수 있었다. 나보다 어렵게 사는 사람들의 마음을 알 수 있었고, 무엇보다 감사 일기를 쓰는 게 학교 숙제여서 일상에서 평소에 사소하다고 생각한 것들에도 감사함을 느낄 수 있게 되었다. 이러한 점이 어른이 된 지금의 나에게도 긍정적인 영향을 준다. 정말 울고 싶고 포기하고 싶은 순간에도 감사함을 떠올릴 수 있도록 이끌어준다.

① 포기하고 싶은 순간에 감사를 떠올린 적이 있나요? 어떤 감사였나요?

② 우리는 살아가면서 많은 일을 마주하게 됩니다. 오늘 감사한 점은 무엇인가요?

# 8. 연인 관계에서 얻는 것들
## - 이별의 순간에도 감사함을 찾기

대학교를 마무리할 때쯤 친구로 지내던 1살 차이 나는 사람과 교제를 하였다. 연애에 관심이 없을 때라서 고민을 좀 했지만, 그래도 당시에 그 사람에 대한 마음이 조금 있어서 만나게 되었다. 만나기 전에 지인들이 안 만났으면 좋겠다고 말했지만, 당시의 나는 한 번 겪어봐야 정신을 차릴 수 있었던 걸까?

그 사람과 나는 너무 많은 것이 달랐다. 그래도 제법 어른스러운 연애가 하고 싶어서 부딪히려는 상황이 생길 때는 유연하게 잘 대처하였다. 화남, 속상함 등 부정적인 감정이 올라왔을 때는 이유에 대해 생각하고, 정말 객관적인 사실만 차분히 전달하였다. 상대방의 이야기를 들을 때도 말을 끊지 않고 끝까지 차분히 들어주었다. 요즘은 무엇 때문에 힘든지, 어떤 마음인지 질문하며 속에 있는 이야기를 들어주었다. 하루 이틀, 사흘 나흘 그의 똑같은 이야기는 되풀이되었고, 정작 나아지는 것은 하나도 없었다. 말만 하고 행동을 하지 않는데 어떻게 변화할 수가 있나? 그래도 이야기를 들어줘야 그 사람의 힘든 마음이 풀릴 것 같아서 계속 들어주었다. 날마다 후회와 어둠이 가득 찬 말을 들어서 그런지 내 마음이 점점 지쳐가는 게 느껴졌다.

시간이 지나면서 '그럴 수 있지'라고 인정했던 것들이 수면 위로 올라왔다. 그는 나에게 선을 넘는 행동을 아무렇지 않게 하였다. 나에게 미안함이 느껴지지 않는 걸까? 거짓말이 날로 늘어가는 상대방을 보며 더 이상 신뢰할 수 없었다. 어느 날은 여자친구가 있는 상태에서 미리 말하지 않고 다른 여자와 타지에 놀러 갔다는 사실을 알게 되었다. 그것도 직접적으로 이야기를 들은 게 아니라 그 사람의 SNS에서 발견한 것이다. 이 사실을 알게 되고 왜 그랬는지 이유를 물어보니, 그는 어떻게 할 수 없는 상황이라며 둘러대었다. 다음부터 그러지 않겠다며 약속한다고 말했지만, 시간이 흐르고 그는 나에게 또 한 번의 실망감을 안겨 주었다.

이제는 이별을 해야겠다고 다짐하였다. 그러나 그는 나를 붙잡았다. 정말 미안하다며 다시는 그러지 않겠다고. 하지만 이러한 일뿐만 아니라 많은 상황이 나를 점점 지치게 만들었고, 결국 20대 초의 연애는 끝났다. 헤어진 후의 마음 상태는 생각보다 괜찮았다. 이미 헤어질 것을 예상한 걸까? 당일에도 집으로 돌아와 아무렇지도 않은 듯 내 할 일을 하였다.

만나는 동안 헤어지고 싶은 순간이 정말 많았지만 꾹 참았다. 서로 이해하며 맞춰나가야 하는 과정이라고 생각하였다. 그래서 차마 헤어지자는 말을 먼저 하지 못했다.

헤어지는 당시에도 그 사람은 나에게 끝까지 무례한 태도를 보여주었다. 같이 저녁을 먹기 위해 약속 장소로 향하는데 일방적으로 통보를 한 것이다. 내가 먼저 이별을 하자고 말할까 봐 선수를 친 것 같은 느낌이 들었다. 미안한 마음에 내가 살고 있는 동네까지 가려고 연락도 했다는데, 나중에 찾아보니 전혀 그런 연락이 없었다. 끝까지 잘못을 인정하기 싫어서 회피한 것이다.

그동안 내가 얼마나 많은 가스라이팅을 당했는지를 헤어지고 나서야 알게 되었다. 그때 정말 건강하지 않은 관계를 유지했다는 것을 깨달았다.

이별을 한 후, 대학교 다닐 때 친하게 지낸 언니를 만났다. 요즘 잘 지내는지, 별일 없었는지 근황에 대해 이야기를 나누었다. 그러다가 나는 언니가 하는 이야기를 듣고 충격을 받았다. 전에 만났던 친구에 대한 이야기를 하는데, 전혀 몰랐던 사실을 알게 된 것이다. 나는 손발이 후들거렸고 이내 마음을 쓸어내렸다. '헤어지기 적절한 시기였구나' 하며 말이다.

가끔 연애했을 때 모습이 생각난다. 그 사람을 다시 만나고 싶은 이유가 아니라, 풋풋한 내 모습이 생각나서. 덕분에 다른 사람과 연애를 할 때 나의 대화 방법은 어떤지, 어떤 모습이 나오는지 알 수 있게 되었다. 사람을 보는 눈이 생겼다. '이런 사람이다', '저런 사람이다'라고 평가하는 의미보다는, 정신적으로 건강한 사람인지 건강하지 않은 사람인지 판단하는 정도. 정신이 건강한 사람이라면, 나에게 했던 그런 행동을 하지 않았을 테니까.

사람을 보는 눈이 생겨서, 다른 사람을 품을 수 있을 정도로 성장한 나를 마주할 수 있어서, 어렸을 때부터 받은 사랑을 누군가에게 가득 나눠주는 경험을 해서. 만나는 동안에 이기적으로 행동한 것이 아니라 상대방의 이야기를 더 들어줘서, 사랑하고 이별하는 과정에서 한층 더 성장한 내가 될 수 있음에 정말 감사하다.

① 누군가와 교제하면서 깨달은 것이 있나요?

② 이별한 적이 있나요? 이별하는 과정에서 한층 더 성장한 '나'를 마주한 적이 있나요?

# 9. 우리는 가장 가까운 가족에게 상처를 준다

보통 사람들은 다른 사람과 인간관계를 잘하기 위해 노력한다. 눈을 맞추며 열심히 이야기를 들어주고, 도움을 준다. 더 나아가 헌신하는 것까지 이르는 사람도 있다. 그러나 정작 가족에게는 그만큼의 정성을 들이지 못하는 경우가 있다. 오히려 편하고 가까울수록 무례한 태도를 보이는 모습 말이다.

SNS를 하다가 하나의 글이 내 시선을 한순간에 사로 잡았다. 인간관계에서 사이가 가까울수록 거리를 두고 조심해야 한다는 메시지가 담겨 있었다. 그 순간 가족이 떠올랐다. 그동안 나는 가족에게 어떻게 대했을까 생각에 잠겼다.

우리 집은 조금 특이하다. 내가 독서를 하거나 공부를 하고 있으면, 열려 있는 방문 틈새로 말소리가 들린다.

"딸! 공부 좀 그만하고 놀아! 볼 때마다 공부하고 있어."

내 방 앞에 있는 복도를 지나가시며 아빠가 한 말씀하신다.

"알아서 할게요."

무언가에 집중하다가 흐름이 깨지는 걸 좋아하지 않는 나는 귀찮다는 듯이 말한다.
잠시 후에 문 사이로 나를 향한 말 같은 소리가 들린다.

"딸! 공부 좀 그만해! 놀아!"
"딸! 아빠 일하는 곳 좋아. 그쪽 분야 공부해 봐!"

같은 말을 반복하시는 모습을 보다가 더 듣다가는 귀에 딱지가 생길 것 같아서 내 의견을 내어본다.

"아잇 정말! 놀고 있어! 할 일 하고 잘 쉽니다요~ 그리고 내가 그쪽에 관심이 있어야 공부를 하지. 흥미도 없는데 어떻게 하나요?"

열려 있는 방문을 닫았다. 그 후에 다시 의자에 앉아서 작업을 하였다. 시간이 얼마나 흘렀는지 창밖을 보니 해가 점점 저물어 가고 있었다.

'똑똑.'
누군가 내 방 문을 두드린다.

'끼익.'

문이 조심스럽게 열린다.

"딸~ 이것 좀 먹어 봐~"

"지금 안 먹고 싶은데 이따가 먹을게."

"아니 진짜 맛있다니까? 한 입이라도 먹어 봐!"

"그러니까! 이.따. 먹는다고요!"

"진짜 진짜 한 입 먹어 봐!"

마지못해 한 입 먹었더니, 그제서야 미션을 성공한 표정으로 안방으로 향하셨다.

입꼬리가 힘껏 위로 올라가 있는 아빠의 모습을 하염없이 바라보며 생각한다.

'오늘은 혼자만의 시간을 많이 누리고 싶었는데….'

나는 똑같은 말을 여러 번 하는 것을 좋아하지 않는다. 거절 의사를 보였는데 그것을 수용하지 않고 계속 강요하는 것은 더욱 불편하다. 그래서 아빠와 부딪힐 때가 있다. 아빠는 스스로가 좋다고 생각하는 것을 가족들이 모두 경험해 봤으면 하는 그런 마음을 갖고 계신다. 아빠의 마음을 알지만, 나도 나만의 생각과 의견이 있기 때문에 수용해 주셨으면 좋을 때가 있다. 서로 의견이 다를 때는 부딪힌다. 각자 자기만의 언어로 대화한다. 그러다 보면 서로에게 상처를 받을 때가 있다. 그렇게 가장 가까운 사람에게 상처를 주고받는다. 가까우면 가까울수록 한 발 뒤로 간 상태로 상황을 바라보아야 한다. 다른 사람을 대하는 것처럼 말이다. 시간이 지나고 그 상황을 떠올려보면, 나쁜 마음으로 그렇게 행동한 게 아니었음을 이해하게 된다. 그 순간, 눈치 보지 않고 편하게 이야기를 나눌 수 있는 가족이 있다는 점에 감사함을 느낀다. 가까울수록 한 발 멀어지기!

① 다른 사람에게 하는 것만큼 가족에게도 하고 있나요?

② 가족에게 상처를 준 적이 있나요? 그때의 마음은 어땠나요?

# 10. 내가 했다고 생각했는데 그게 아니었음을

## - 달란트를 찾아서

나는 어렸을 때부터 글쓰기를 좋아하였다. 그래서 학교에서 글쓰기 대회를 열 때마다 항상 참가하였다. 선생님이나 부모님께 편지 쓰기, 표어 쓰기, 독후감 쓰기, 시 쓰기, 수필 쓰기 등 정말 다양한 주제의 글을 썼다. 감사하게도 대회를 참여할 때마다 심사하는 사람에게 진심이 잘 전해졌는지 늘 상을 받았다. 좋아하는 것을 하고 그것에 대한 보상도 받음으로써 글쓰기에 대한 나의 자신감이 점점 향상되었다. 글쓰기 대회에서 받은 상을 가지고 집으로 가는 발걸음은 깃털처럼 가벼웠다. 현관문을 열며 한껏 들뜬 목소리로 외쳤다.

"엄마, 나 상 탔어요!!!"

내 어깨는 이미 하늘과 맞닿아있는 것처럼 솟아 있었다. 그만큼 뿌듯하다는 것이다. 당시 정신적으로 너무 힘들었던 시기여서 평소에는 풀이 죽어 있었다. 다른 사람에 비해서 잘하는 게 없는 것 같다며 부정적인 생각이 꼬리에 꼬리를 물고 늘어뜨리게 하여 스스로를 힘들게 한 적도 있다. 그런데 글쓰기는 축 늘어진 나를 일으키고, 숨을 쉴 수 있도록 숨통을 트이게 해주는 도구였다. 좋아하는 일을 했는데 상을 받았으니 얼마나 기뻤을까? 눈이 안 보일 정도로 활짝 눈웃음을 지으며 엄마에게 상장을 보여 드렸다. 엄마는 그런 내 모습을 보시며 열심히 박수를 쳐주셨다. 이어서 이렇게 말씀하셨다.

"그거 네가 한 거라고 생각해?"

이게 도대체 무슨 질문인가? 당연히 내가 글쓰기 대회에서 글을 열심히, 잘 썼으니까 상을 받은 것이라고 생각하였다.

"신이 주신 달란트잖아! 너는 그 달란트를 올바른 곳에 썼고. 우리는 늘 감사하며 살아야 돼. 글쓰기 달란트가 없었으면, 상을 못 받았을 수도 있잖아!"

맞다. 나에게 글쓰기 달란트가 없었다면, 어렸을 때부터 글쓰기나 책과 친하지 않았더라면 거들떠 보지도 않았겠지? 일기를 쓰든, 글을 쓰든 꾸준히 달란트를 갈고닦은 덕분에 빛을 볼 수 있는 것이다. 지금 이 순간에도! 엄마의 말씀을 듣고 난 후에 나의 달란트에 대한 자부심을 가졌다.

누구에게나 달란트가 있다. 공부를 잘하는 사람이 있고, 미술을 잘하는 사람이 있다. 어떤 사람은 음악을 잘하고, 누군가는 말을 잘한다. 모든 사람에게 꼭 하나씩은 달란트가 있다는 것을 발견한 이후에는 나의 자신감과 자존감이 향상되었다. 모두 어느 한 곳에서는 빛낼 수 있는 사람이라는 것을 인정한 이후에, 나와 타인을 잘 비교하지 않게 되었다. 비교를 하더라도 내가 가지고 있지 않은 것에 집중하기보다, 나의 귀한 달란트를 어떻게 활용하면 좋을지에 대해 더 생각하게 되었다. 그러다가 점점 내가 가지고 있는 달란트를 바라보는 시간을 가졌다. 하나의 달란트를 특출나게 잘하는 사람들과 다르게, 다양하게 조금씩 잘하는 점이 있다는 것을 깨달았다. 그리고 많은 사람 사이에서 무엇이든지 가장 잘하고 싶은 마음은 내 욕심이었다는 것을 알게 되었다.

나의 달란트는 글을 쓰는 것이다. 글쓰기 달란트를 생각하며 이를 어떻게 활용할 수 있을지 고민하였다. 글쓰기를 잘한다는 것은 생각하는 것을 문자화할 수 있다는 점을 의미한다. 일상에서 힘들고 지친 마음을 글 하나로 위로해 줄 수 있겠다는 생각이 들었다. 그래서 주변 사람들에게 짧지만 진심 어린 메시지를 써서 전달하였다. 잠깐의 시간을 들였을 뿐인데, 나의 메시지를 읽고 너무 위로받았다는 사람이 있었다. 이런 연락을 받으면 뿌듯함과 기쁨이 몰려와 덩달아 나도 기분이 좋아진다.

요즘은 책을 집필하는 것에 관심이 많다. 글쓰기는 정말 매력이 있다. 실제로 경험한 것을 기록하며 사람들과 이야기를 나눌 수 있다. 그리고 소설의 경우에는 직접 캐릭터를 설정하여 독자에게 전하고 싶은 메시지를 담아 이야기를 전할 수 있다. 글쓰기를 하면서 가장 감사한 것을 떠올려보라고 한다면, 내가 그동안 살아온 모든 날이 감사하다고 이야기할 것이다. 행복함, 기쁨, 슬픔, 아픔, 화남, 즐거움 등 다양한 감정을 느낄 수 있었음에 감사하다. 다른 사람을 품어줄 수 있고, 헤아릴 수 있을 만큼 마음이 넓어졌음에 감사하다. 그리고 그것으로 글로 써서 전달할 수 있음에도 감사하다.

내가 했다고 생각했는데, 그게 아니었음을 알게 되었다. 신이 주신 달란트라는 것을 말이다. 그리고 지금까지 혼자 살아온 게 아니라, 곁에 머무르고 함께했던 사람들이 있어서 나의 삶이 흘러갈 수 있었음을 다시 생각해 보게 되었다. 인생을 살며 만난 빌런(악당 역할)들 덕분에 화를 다스리며 인내심을 키웠고, 듣는 연습을 하였고, 감정적으로 하기보다 이성적으로 사고할 수 있게 되었다. 모든 순간이 내가 성장할 수 있도록 발판 역할을 하여 도움을 준 것이다.

① 나의 장점이 무엇인지 생각해 보세요. 어떤 장점이 있나요?

② 내가 했다고 생각했는데, 그게 아니라는 것을 깨달은 적이 있나요?

## 11. 등대 같은 존재
### - 인생의 등대

'등대'

검은색 크레파스로 뒤덮은 깜깜한 밤에 환하게 불빛을 비추도록 만들어진 탑이나 건축물을 말한다. 등대는 어두운 밤에 배를 타고 있는 사람들이 가는 길이 보일 수 있게 도와주는 역할을 한다.

나에게 엄마, 아빠는 등대 같은 존재다. 인생 선배로서 이 세상을 어떻게 살아야 하는지 비춰주신다. 살아가는 과정은 다르지만, 인간으로서 해야 하는 도리와 지켜야 하는 규칙 등 기본적인 삶의 방법에 대해서 알려주는 역할을 한다. 바른 생각, 바른생활을 할 수 있도록 이끌어주시는 것이다.

등대는 길을 비춰주는 역할을 할 뿐, 파도가 휘몰아칠 때 막아주는 것은 방파제다. 부모는 등대 같은 존재라고 표현한 이유는 항상 방파제 역할을 할 수 없기 때문이다. 우리는 모두 어린아이 시절이 있다. 영아기, 유아기, 아동기를 넘어서면 보통 스스로 생각하고 판단할 수 있게 되며, 선택과 더불어 책임감을 안으며 살아간다. 삶을 어떻게 살아갈 것인지, 꿈이 무엇인지, 어떤 일을 하고 싶은지 스스로 생각하고 정할 수 있을 정도로 성숙해져 간다. 물론 어린 시절에 경험한 것이 긍정적인 경우에 해당한다. 만약, 어둠과 가까운 경험을 많이 했더라면 성숙해지는 정도가 달라진다. 사람에 따라 어둠이 가득한 상황 속에서도 어두움을 따라갈지, 빛을 밝혀볼지는 무엇을 선택하느냐에 따라 달라진다.

부모가 늘 방파제 역할을 할 수는 없다. 우리는 어려운 상황 속에서 스스로 생각하고 판단하고 책임지는 과정에서 단단해지기 때문이다. 양육자는 등대 역할을 할 뿐, 나만의 방파제는 각자 만들어내기 나름이다. 방파제의 크기와 사용되는 소재(재료)는 모두 다르다. 어떤 삶을 살았고, 무슨 경험을 했는지에 따라 차이가 있기 때문이다. 모든 사람의 삶의 목표와 걸어가는 길이 같을 수 없기 때문에 서로 다를 수밖에 없다.

아이가 선택한 것에 스스로 책임질 수 있는 기회를 주지 않으면, 아이는 어른이 되었을 때 무언가를 도전하는 것에 대해 어려움을 느낄 것이다. 지금까지 양육자가 항상 보호해 주고 책임을 졌기 때문에, 해결방법을 몰라서 해결하기에 앞서 두려움을 가질 것이다.

아이는 어른에 비해 보통 깊이 생각하고 판단하는 시간이 더 필요하다. 그럴 수밖에 없다. 인생의 폭이 어른만큼 넓지 않기 때문이다. 그래도 우리는 기다려주어야 한다. 머리카락도 시간이 지나고 계속 기다려야 조금씩 자라는 게 눈에 보이는 것처럼, 아이들이 잘 자랄 수 있도록 기다려주어야 한다. 양육자는 아이가 어릴 때 앞에서 등대처럼 환한, 밝은 빛을 따라서 올바른 길로 갈 수 있도록 도와주어야 한다. 그리고 점점 크면 앞으로 잘 나아갈 수 있도록 뒤에서 길을 비춰주어야 한다. 지금까지 잘 해내왔다고, 앞으로도 잘할 수 있다는 메시지를 주면서 말이다.

① 나의 인생에서 등대 같은 존재가 있었나요? 누구인가요?

② 부모는 등대 같은 역할을 해야 한다고 생각하나요? 방파제 같은 역할을 해야 한다고 생각하나요? 이유는 무엇인가요?

## 12. 엄마, 아빠는 다 잘할 줄 알았는데

어린 시절의 내가 바라보는 부모님의 모습은 정말 완벽한 그대로였다. 부모님은 내가 못하는 것을 모두 다 할 수 있는 사람이라며 완전한 존재라고 생각하는 착각에 빠져 있었던 것이다. 그러나 점점 나이가 들며 엄마, 아빠는 모든 것을 잘할 수 없다는 것을 알게 되었다. 우리는 신이 아니라 사람이기 때문이다.

아이에게 양육자는 큰 존재다. 아이는 스스로 보호할 수 없기에 보호자가 방패의 역할을 한다. 그래서 보통 아이에게 양육자는 아주 든든한 존재다.

초등학생 시절, 방학 과제물로 부모님 중의 한 사람의 그림을 제출해야 했다. 부모님께 말씀드리자, 엄마는 고개를 절레절레 저으셨다.

"나는 그림 잘 못 그려. 아빠한테 그려달라고 해."

엄마는 그림을 못 그린다며 스스로 인정을 하셨다. 어른이라면 그림을 다 잘 그리는 것인 줄 알았는데, 그게 아니었던 것이다. 그렇게 나는 아빠에게 다가가 그림을 그려달라고 말씀드렸다. 그러자 아빠는 마치 컴퓨터에 입력한 것처럼 연필을 드는 순간부터 종이에 슥슥 무언가를 그리기 시작하셨다. 로봇 태권 브이가 순식간에 완성되었다. 아빠는 태권도를 좋아하셨는데, 만화 캐릭터 중에서는 태권 브이를 좋아했다고 하셨다. 아빠가 로봇 태권브이를 그리신 이후부터 나는 아빠가 그림에 소질이 있으시다는 사실을 알게 되었다.

시간이 점점 더 지나고 엄마의 키를 따라갈 무렵, 엄마는 나에게 질문을 하셨다. 컴퓨터 작업을 해야 하는데, 어려움을 마주한 그때 나에게 도움을 요청하신 것이다. 엄마는 어른이라서 다 잘 하실 줄 알았는데, 그게 아니었다. 엄마보다 컴퓨터 작업을 자주 하는 내가 그것에 대해 더 잘 알고 있었다. 단축키 쓰는 방법, 프레젠테이션 잘 조작하는 방법, 한글 문서를 조작하는 방법 등 내가 생각했을 때는 쉬운 것들이 엄마에게는 어려운 일이 되었다. 생각보다 자주 부탁하는 엄마를 보며, 때로는 귀찮은 마음도 들었다.

"아니 이거 지난번에 알려드린 거잖아요. 그냥 이렇게 저렇게 하면 되는데요? 나 할 일 많아서 바빠. 이것만 알려주고 갈 거예요."

그러자 엄마가 한마디 하셨다.

"너는 엄마한테 이거 하나 알려주는 게 그렇게 힘드니?"

엄마의 한 마디를 듣고, 엄마가 그동안 나에게 해주신 거에 비하면 작은 편에 속하는 것을 귀찮아하는 내 모습을 마주하게 되었다. 엄마는 지금까지 나를 키우시면서 얼마나 많은 시간을 할애하셨는지 그때 다시 생각해 보게 되었다.

나의 상황과 비슷한 하나의 일화가 있다. 한 남자아이가 하늘에 날아다니는 것이 무엇인지 자신의 아버지에게 물었다. 그러자 그 아버지는 하늘에 날아다니는 것에 대해 대답해주었다고 한다. 시간이 얼마 지나지 않아, 그 아이는 반복해서 같은 질문을 하였고, 아이의 아버지는 끊임없이 질문에 대해 대답해 주었다. 시간이 지나고 노인이 된 아버지가 하늘에 날아다니는 것에 대해 묻자 다 큰 아들이 이에 대해 대답하였다. 이어서 아버지는 똑같은 질문을 끊임없이 한다. 아들은 대답을 해드리다가 아버지에게 약간 화내듯이 말한다.

"왜 똑같은 질문을 계속하세요? 대답해 드렸잖아요!"

그러자 아버지는 아들에게 이렇게 말했다.

"네가 어렸을 때 이런 질문을 했잖니. 기억나?"

그때 아들은 깨달았다. 끊임없이 하는 질문에 대해 화를 한 번 내지 않고 끝까지 대답해 주시던 아버지의 모습이 생각난 것이다.

엄마와의 대화에서 위와 같은 일화가 생각났다. 이거 하나 알려 드리는 게 뭐가 그리 어렵다고 생색을 냈는지, 나도 모르게 내 모습이 부끄러워 보였다. 그 이후로는 엄마가 궁금하신 것을 나에게 물어보실 때 끝까지 대답해 드린다. 속도를 따라가기 어렵다며 천천히 알려 달라고 요구하실 때 속도에 맞추어 다시 알려 드린다.

아빠는 매일마다 "그거 어디 갔지?"라고 혼잣말로 말씀을 하신다. 아빠는 다 잘하실 줄 알았는데, 아빠는 물건을 잘 찾으시고 잘 두실 줄 알았는데 그게 아닌 것이다. 아빠는 물건이 안 보일 때면 무조건 나를 찾으신다.

"세은아, 아빠 폰 어디 갔지?"
"세은아, 아빠 지갑 어디 갔지?"
"세은아, 아빠 벨트 어디 갔지?"

참 신기하게도, 내가 우리 집에서 물건을 잘 찾는다. 엄마든, 아빠든, 동생이든 "그거 어디 갔지?" 한 번이면, 나는 마치 명탐정 코난이 되어 잃어버린 물건을 찾아 준다.

엄마, 아빠는 어른이라서 무엇이든지 잘하실 줄 알았는데 그게 아니었다. 그럼에도 참 감사한 건, 내가 부모님을 도와드릴 수 있다는 것이다. 그렇게 하루하루 쓸모가 있는 사람이라는 것을 인지하며 감사함으로 살아간다.

① 엄마 아빠는 다 잘하실 줄 알았던 적이 있나요?

② 요즘 부모님을 도와드린 적이 있나요? 무슨 일을 도와드렸나요?

# 13. 엄마는 엄마가 처음이라서

엄마는 태어나면서부터 엄마인 줄 알았다.

엄마는 태어나자마자 어른으로 나오는 줄 알았다.

엄마도 엄마가 처음이었다.

처음이라서 서툴렀고, 처음이라서 조심스러웠다.

엄마는 첫째 아이가 처음이고, 둘째 아이도 처음이고, 셋째도 처음이었다. 한 배에서 나왔다 한들, 서로 각기 다른 특징을 가졌다. 엄마는 무엇보다 각 사람에게 맞는 양육을 하고 싶어 하셨다. 엄마 마음대로 하는 게 아닌, 우리 존재 자체를 존중해 주는 그런 삶.

어린 시절의 나는 청개구리였던 적이 꽤 있었다. 공부하라고 시험 문제집을 사주셨는데, 시험 전날까지도 백지상태여서 아주 호되게 혼난 기억이 있다. 노력을 안 했다는 이유로, 그럼에도 뻔뻔한 태도에 회초리를 맞았던 적이 있는데, 그때 당시에는 엄마가 계모인가 싶었지만 지금 와서 생각해 보면 자녀에게 매질하는 엄마의 마음도 좋지 않았을 것이라는 생각이 든다. 많은 시간이 지난 지금은 우스갯소리로 엄마와 어린 시절에 대한 이야기를 나눈다.

"엄마, 나 키우시느라 아주 노고가 많으셨네."

"그니까 말이야? 네가 생각해도 그렇지? 알아줘서 감사하네."

어느 날, 내가 엄마에게 이렇게 말씀드렸다.

"엄마가 우리 엄마라서 참 다행이에요."

"왜?"

"독립적으로 살 수 있게 키워주셨잖아요. 그리고 각자 성향에 맞게 지원도 해주셨고."

"에이 그냥 하는 거지 뭐. 나 그렇게 잘난 엄마 아닌데."

"엄마 잘났는데?"

딸에게 칭찬받으시는 게 좋으셨는지, 눈썹을 살짝 위로 올리며 어깨도 함께 올라가는 게 눈에 보였다.

"진~짜?"

"엄마! 겸손 겸손! 항상 겸손!"

우리 모녀의 대화의 끝은 늘 겸손이다. 서로를 칭찬하다 보면 괜히 어깨를 으쓱이게 되는데, 무엇보다 겸손이 중요하다고 생각하는 모녀는 서로에게 '겸손'을 외친다.

"자녀가 엄마를 인정해 주는 것만큼 좋은 게 없지!"

"엄마 인정해드리면 어떤데요?"

"참 감사하지! 나는 애 키우면서 늘 부족한 엄마라고 생각했는데, 이렇게 잘 커주고 엄마를 칭찬하니 말이야."

"나도 나중에 자녀가 있으면, 엄마처럼 인정받았으면 좋겠다. 엄마 같은 엄마가 되고 싶네요."

어깨를 으쓱이는 엄마. 그런 엄마의 어깨를 톡톡 두드리며 또다시 겸손을 외친다.

"엄마, 진정 진정. 겸손 겸손."

어린 시절부터 내가 바라보는 엄마의 모습은 늘 안정적이었다. 큰일이 발생해도 포커페이스. 항상 침착하셨다. 위급한 상황 속에서도 어떤 것부터 해결하면 좋을지 상황 판단을 먼저 하셨다. 그래서일까? 그런 엄마의 모습을 닮아가게 되었다. 이성보다는 감정을 중요시했던 나는, 감사하게도 침착함을 유지할 수 있는 이성적인 사람이 되었다. 엄마는 엄마가 처음이지만, 스스로 생각하기에 부족하다고 느낄 수 있겠지만, 나에게는 100점짜리 엄마다. 엄마가 나의 엄마라서 감사하다.

① 나에게 엄마는 어떤 존재인가요?

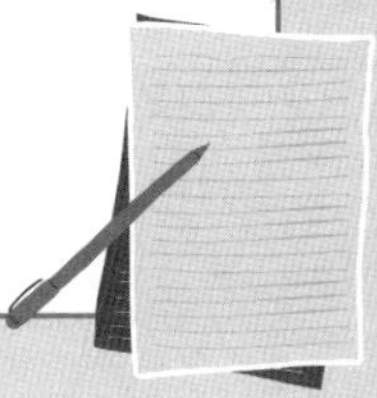

② 나에게 엄마는 몇 점인가요?

# 14. 아빠는 아빠가 처음이라서

보통 부성애보다 모성애가 높다고 이야기한다. 아무래도 뱃속에서 엄마와 교감하는 영향이 크기 때문이다. 그래서 보통의 아빠들은 엄마들보다 아이에 대한 마음이 덜한 편이다. 나 또한 부성애는 모성애를 따라갈 수 없다고 생각한다.

어렸을 때는 아빠의 행동을 이해하지 못했다. 뭐가 저렇게 과격하고, 표현이 과장되고 전반적으로 행동이 큰지 오히려 스트레스를 받았다. 그런데 어느 순간부터 아빠의 마음을 헤아릴 수 있게 되었다. 아빠도 어린 시절의 영향을 받았다는 사실을 내가 인정하게 되는 순간이었다.

아빠도 아빠가 처음이다. 그래서 내 아이를 어떻게 키워야 하는지 잘 모른다. 그저 내가 좋아하면 아이도 좋아하겠지 생각하시는 것처럼 보인다.

아빠는 재미난 영화가 개봉하면 온 가족을 집합시키신다.

"여보 여보 이거 재밌겠지?"

"얘들아, 이거 보러 가자! 어때?"

맛있는 게 생각나면 가족 생각 먼저 하신다.
"여기 지난번에 가봤는데 좋더라고! 다음에 우리 가족 같이 가자!"

때로는 싫다고 표현을 해도 끝까지 의견을 내신다.
"아니야~ 한 번 해봐! 좋대~"

어느 날은 같은 말을 반복하다가 지쳐서 결국 속마음이 튀어 나왔다.
"사람이 말하는데 좀 의견 존중해 주면 안 돼?"

그렇게 아빠와 부딪힌다.
사소한 일에도.

우리는 서투름에서 마주하는 것들이 있다.
이 사람이 왜 이렇게 행동하는가.
어떤 목적을 가지고 행동을 하는가.

사실 나도 안다. 아빠가 좋은 마음으로, 좋은 것을 같이 느꼈으면 하는 마음으로 권유하신다는 것을 안다. 그러나 싫을 때는 싫다고 표현하고, 아빠도 이러한 의견을 존중해주셔야 한다고 생각한다. 아빠는 아빠가 처음이라서, 나는 딸이 처음이라서 그렇게 부딪히며 가족이 되는 것이다.

그럼에도 감사한 것은, 좋은 게 있으면 아빠는 가장 먼저 가족을 떠올리신다는 것이다. 표현이 서투르고 어떻게 다가가야 하는지 잘 모르는 아빠지만, 가족을 생각하는 마음 하나는 1등이다.

① 나에게 아빠는 어떤 존재인가요?

② 나에게 아빠는 몇 점인가요? 그렇게 생각한 이유는 무엇인가요?

# 15. 샌드위치 둘째가 전하는 이야기

나는 샌드위치다. 정확하게 말하면 형제자매들 중에 둘째다.

어렸을 때 나는 둘째인 것에 대한 불만이 많았다. 무엇이든 어중간했으니까. 오빠는 첫째라서 예쁨 받고, 동생은 막내라서 보호받았다. 그 사이에서 나는 어떻게든 살아남기 위해 발버둥을 쳐야만 했다. 다른 집의 둘째들도 그렇겠지?

하필이면 오빠가 공부를 잘했다. '하필'이라고 이야기한 이유는, 그래서 내가 공부에 대한 부담감이 컸기 때문이다. 오빠가 워낙 잘하니 아마 나에 대한 기대감도 있었을 것이다. 그런데 나는 오빠와 다르게 공부하는 것을 별로 좋아하지 않았다. 오죽하면 전 과목 문제집을 사주셨는데 하나도 풀지 않아서 전날 엄청 혼나며 풀었던 기억이 있다. 그래도 전날에 공부를 해서일까, 참 신기하게도 성적 우수상을 받았다.

나이가 들면 들수록 '둘째'인 것에 대한 불만보다는 둘째라서 좋은 점이 눈에 들어왔다. 오히려 둘째여서 딱히 큰 관심도 없는 것

같고, 내 의견을 거침없이 주장할 수 있었다. 할 말은 하는 당당한 성격인 나는 정말 매를 맞아가면서까지 하고 싶은 말을 다했다. 이런 성향이 지금의 나를 만들어 주었다. 하고 싶은 게 있으면 일단 도전해 보는 그런 성격 말이다.

둘째로 자라서 생각보다 생활력이 강하다. 부모님이 맞벌이 부부셔서 나이 차이가 많이 나는 편인 동생을 챙겨주던 그 시절. 나는 잠시 아이의 엄마가 된 것처럼 알뜰살뜰 잘 보살폈다. 동생과 잘 지내다가도 내 사랑이 동생에게 빼앗기는 것처럼 느껴질 때는 당당하게 사랑을 요구했다. 나도 사랑이 필요하다면서 말이다. 그렇게 샌드위치의 알맹이 같은 중간에서 여차저차 나만의 방법으로 살아남기 시작했다.

나는 사랑이 고팠다. 그것도 아주 많이. 목말랐다고 표현하는 게 맞는 것 같다. 첫째는 첫째라서 예뻐하고, 막내는 막내라서 예뻐하는데, 그럼 둘째는 도대체 뭐지라고 생각하며 불만을 갖고 있었다. 정말 감사한 것은 나는 동네 사람들에게 사랑을 많이 받았다는 점이다. 그리고 외가 친척들의 사랑도 많이 받았다. 워낙 수다쟁이에다가 정이 있는 성격이라서 어른들에게 문안 인사를 꾸준히 하고, 이야기를 잘 나누는 편이었다. 그래서 지나가다가 멈춰서 사랑받고, 다시 한 걸음 나아가다가 멈춰서 사랑을 받았다. 덕분에 내가 부족하다고 생각한 부분이 채워졌다. 아이는 어렸을 때 사랑받은 기억으로 미래까지 살아가는데, 나는 충분히 사랑을 많이 받고 자란 사람이라고 생각한다. 그 덕분에 인생을 살아갈 수 있는 힘이 생겼다.

둘째는 보통 자기가 하고 싶은 것을 잘 찾는다. 어떻게든 자기만의 방법으로 살아남아야 하니, 본인의 삶을 스스로 선택하는 것이다. 물론 이 과정에서도 환경의 영향이 크다. 스스로 선택할 수 있는 기회를 부여받았다면, 둘째인 경우 그것이 크게 작용할 수 있는 것이라고 생각한다. 그래도 다행인 것은 자녀의 이야기에 귀담아주시던 엄마 덕분에 좋은 쪽으로 발전할 수 있었다.

나는 어렸을 때 나의 미래에 관심이 많았고 주체적인 삶을 살고 싶었다. 지금도 그렇다. 인생에서 선택의 순간을 마주할 때 최선의 방법을 선택하고 싶다. 부모가 정해주는 것이 아닌, 스스로 나만의 삶을 나아가는 것. 둘째로 살아가면서 앞으로 나아갈 수 있는 힘을, 견딜 수 있는 내면의 힘을 단단하게 기를 수 있었다.

내 삶은 조금 특별하다. 둘째도 되어보고, 첫째도 해봤다. 부득이한 사고로 먼저 하늘의 예쁜 별이 된 첫째. 그래서 나는 자연스럽게 우리 집의 장녀가 되었다. 아빠는 나에게 이제 내가 첫째라고 이야기하셨지만, 엄마는 둘째로 남아달라고 하셨다. 아무래도 위에 등대 같은 사람이 한순간에 사라지니 부담감이 좀 크게 느껴졌다. 그런데 걱정이나 불안은 아무것도 해결할 수 없다고 생각한다. 오직 할 수 있다는 믿음, 신이 내 삶을 잘 이끌어줄 것이라는 믿음을 안고 살아가야 하는 방법이 이 세상을 잘 살아갈 수 있는 길이라고 생각한다.

샌드위치에 비유하자면 둘째는 속 알맹이다. 겉에 싸여 있는 빵을 좋아하는 사람이 있는 반면, 맛있는 속을 좋아하는 사람도 있다. 어떤 둘째는 찬밥 신세이지만, 다른 집의 둘째는 보물처럼 여겨질 수 있다. 이런 취급이든, 저런 취급이든 스스로 자신을 빛나는 보석이라고 생각하자. 세상에서 가장 쓰임 받는 존재라고 생각해 보자. 그러면 샌드위치의 속 알맹이처럼 맛있고 중요한 역할을 하는 존재가 되어 있을 것이다. 우리는 누구나 빛날 수 있으니까. 별처럼 예쁘니까.

① 형제자매 중 몇 째인가요?

② 하루만 역할을 바꿔보고 싶다면, 몇 째가 되어보고 싶나요?

(외동인 경우, 언니/오빠/누나/형/동생 중 누가 있었으면 좋겠나요?)

# 16. 일구지 않는 밭인데 잘 자라는 이유

아빠는 주말 농장을 하신다. 정확하게 말하면 텃밭 가꾸기. 집 근처에 자그마한 땅을 빌리고 소소하지만 확실한 행복을 챙기신다. 그런데 어느 날부터 식물 키우기에 대한 아빠의 관심이 줄어들었다. 사람의 손길이 닿지 않았지만 신기하게도 우리 밭에 있는 식물은 무럭무럭 잘 자랐다. 제법 맛도 있었다. 어떤 분은 우리 밭을 보시고 "저 밭은 물도 제대로 안 주고 관심도 안 주는 것 같은데 왜 잘 자라지?"라고 말씀하셨다. 심지어 아주 싱싱하게 잘 자랐다. 옆에서 밭을 일구시는 분은 정말 애지중지 긴 시간을 들여서 키우시는데 억울하실 수도 있겠다는 생각이 들었다.

나는 우리 밭의 일화와 유아교육을 연관지어 생각하였다. 아이들에게 지나친 관심을 주지 않아야 한다. 적당히 아이가 잘 자랄 수 있을 정도의 관심을 주어야 한다. 아이는 어른보다 잘하는 것보다 못하는 게 많다고 생각하다 보면 이것저것 다 챙겨주게 된다. 늘 챙김만 받은 아이가 어른으로 성장하면, 누군가에게 심하게 의존하는 사람이 될 수밖에 없다. 우리는 그저 아이가 어려워하는 부분을 이해하고 스스로 해볼 수 있도록 기회를 주어야 한다. 식물도 지나치게 햇빛을 많이 주면 금방 마르고 시들게 된다. 물을 너무 많이 주면 고인 부분이 많아져 썩는다. 그래서 무엇이든지 적당히가 중요하다.

어렸을 때 부모님이 맞벌이셔서 아침과 저녁 시간에 보는 게 다였다. 그래도 함께 있을 때마다 관심을 주셨다. 지나치지 않을 정도로 말이다. 학업, 시험 성적에 대해서도 너무 심하지 않은 한 그렇게 크게 간섭하지 않으셨다. 내가 워낙 공부를 하는 것보다 노는 것을 좋아해서 싫은 소리를 많이 들었지만, 부모님은 공부하는 부분에서는 많이 강요하지 않으시는 편이었다.

엄마는 어렸을 때부터 나에게 선택권을 주셨다. 내가 살아가야 하는 인생이니, 스스로 선택하고 그것에 대해 책임을 지는 것이다. 7살인 내가 학습지를 하고 싶어 하자, 끝까지 할 자신이 있으면 시작하라고 하셨다. 그런 조건을 걸고 학습지를 하기 시작했지만, 시간이 조금 흐르고 흥미를 잃은 나는 그만두겠다고 말씀드렸다. 그러자 엄마는 결정한 것에 대한 책임을 지라며 끝까지 학습지를 하게 하셨다. 그렇게 나는 자연스럽게 '책임'의 무게에 대해 깨달았다.

잘 일구지 않는 밭인데 잘 자라는 이유는 무엇일까? 걱정하지 않고 잘 클 것이라는 믿음을 가지고 있기 때문이라고 생각한다. 다른 사람들보다는 관심을 덜 주었지만, 정말 필요할 때 거름, 영양분을 주고 해충을 없애는 그런 정도는 하였다. 그 이상은 하지 않았다. 다른 밭을 보면 각이 잡혀 있는 것처럼 정갈하게 심은 것에 비해 우리 밭은 씨앗이 여기저기 심겨져 있었다. 정말 알아서 잘 클 것이라는 믿음과 기대가 더 컸다고 생각한다.

아이를 양육할 때도 이런 부분이 필요하다. 너무 집착을 동반한 관심은 오히려 아이에게 안 좋은 영향을 준다. 어차피 아이의 인생은 그 아이가 책임을 지고 살아가야 한다. 독립적인 사람으로 자랄 수 있게 하려면, 어렸을 때부터 아이가 선택하고 그에 따른 책임을 질 수 있는 기회를 주어야 한다. 그렇지 않으면 어른이 되어서도 부모에게 많이 의존하는 사람이 될 것이다. 정말 아이를 위해서라면 혼자 할 수 있는 건 도전할 수 있도록 믿음을 가지고 두어야 한다.

정말 감사하게도 나는 독립적인 사람으로 자랐다. 내가 할 수 있는 것은 스스로 해보겠다며 도전을 하였고 부모님은 그 모습을 지켜봐 주셨다. 정말 도움이 필요할 때는 요청을 드렸고 그때마다 필요한 부분을 지원해주셨다. 학업적인 부분에서도 성적에 대한 스트레스가 다른 친구들에 비해 없는 편이지 않았을까 싶다. 성적과 관련해서 억압을 하지 않으신 부분이 참 감사하다. 성적을 무난하게 받는 편이라 신경을 안 쓰신 건지는 잘 모르겠지만, 높은 성적을 목표로 하시면서 깐깐하게 요구하지 않으셨다. 나에게 적당한 관심을 주셔서 감사하다. 자신의 삶에 대해 끊임없이 생각하고 도전할 수 있는 지금의 내가 될 수 있도록 환경을 마련해주심에 감사하다.

① 책임이라는 무게를 언제 처음 느꼈나요?

② 인생을 돌아봤을 때, 일구지 않는 밭인데(딱히 관심을 주지 않았는데) 생각보다 잘 자랐던 적(진행되었던 적)이 있나요?

# 17. 손을 내밀었을 뿐인데 색깔이 변했다

신은 사람들에게 달란트를 주었다. 그래서 누구든지 하나씩은 달란트를 가지고 있다. 우리는 이 세상을 살아가는 동안, 신으로부터 받은 달란트를 필요한 곳에 잘 활용해야 한다.

나의 달란트는 주변 사람들의 칭찬을 통해 알게 되었다. 그림 그리기, 노래 부르기, 만들기, 글쓰기 등. 조금씩 잘할 수 있는 달란트가 많아서 다양한 곳에 활용할 수 있음에 감사하다.

나는 누군가를 도와주는 것을 좋아한다. 도움이 필요한 곳에 손을 내밀어서 상황을 해결할 수 있다는 사실이 감사하게 느껴진다. 누군가를 도와줄 수 있음에 대한 감사! 이것 덕분에 기쁨과 뿌듯함을 느끼며 살아가고 있다.

요즘 나의 달란트를 교회 유치부에 활용하고 있다. 잠깐의 시간이지만 필요한 부분에 열심히 손을 내밀고 있다. 비어보이는 게시판을 꾸미기도 하고, 교회 여름 캠프 준비를 할 때 내가 할 수 있는 부분을 찾고 실행한다. 그리고 교회에 적응하는 것을 어려워하는 아이에게 친구처럼 다가간다. 달란트를 의미 있는 곳에 활용할 수 있음에 감사하다.

나는 찬양하는 것을 좋아한다. 그냥 말할 때는 중저음의 낮은 소리가 나고, 노래 부를 때는 청아한 소리가 난다. 그래서 어떤 사람들은 노래 부를 때의 목소리를 듣고 "이거 네 목소리 맞아?"라고 하며 놀라기도 한다. 교회 예배 시간에 찬양팀 싱어로 섬길 때가 있다. 내가 스스로 생각하기에 다소 부족하다고 느껴지는 부분이 있었는데, 몇몇 사람들이 나에게 찬양하는 목소리가 너무 좋다고 은혜받았다고 말을 건네줄 때 감사함을 느낀다. 신이 주신 달란트로 누군가에게 긍정적인 영향을 줄 수 있다는 점이 참 기쁘다.

요즘은 자투리 시간이 나면 목도리를 뜨고 있다. 한여름에 목도리를 뜨는 사람은 흔하지 않은데, 아마 그중 하나가 나일 것이다. 목도리를 뜨는 이유는 추운 겨울, 길거리에서 노숙하시는 분들이 조금이라도 따뜻하셨으면 하는 마음이 들기 때문이다. 어떤 사람은 태어날 때부터 가난했을 수도 있고, 어떤 사람은 큰 빚이 쌓여 가난해졌을 수도 있다. 그런데 사람이라면 생활을 보장받아야 하는 권리가 있다고 생각한다. 영하로 떨어지는 추운 겨울에 밖에서 생활하는 것은 정말 목숨을 걸고 사는 것이라고 생각한다. 그래서 어떤 이유로 밖에서 생활을 하든, 뜨개질을 할 수 있는 나의 달란트를 활용하여 그분들에게 따뜻함을 선물하고 싶었다. 달란트를 좋은 곳에 활용할 수 있음에 감사하다.

내가 가진 달란트는 뛰어나지도, 그리 거창하지도 않다. 소소하지만 사람들에게 손을 뻗었을 때 색깔이 변하게 해 줄 수 있는 도구 정도. 달란트를 필요한 곳에 활용할 수 있음에 감사하다.

① 내가 가진 달란트는 무엇이라고 생각하나요?

② 달란트를 활용한 경험이 있나요? 그때의 마음은 어땠나요?

# 18. 어느 날 미소를 잃어버렸다
## - 미소도 웃는 복이었음을

"너 얼굴에 표정이 없어졌어."

대학교 3학년 시절, 코로나가 어느 정도 완화되고 대면 수업을 들으러 간 날 한 교수님께서 나에게 하신 말씀이다. 교수님은 나에게 미소가 없어졌다며 걱정을 하셨다.

나는 큰 충격의 사건 이후로 웃음을 잃었다. 한순간에 소중한 사람을 잃고 나니, 온 세상이 무너진 것 같았다. 슬프게도 한동안은 트라우마에 잡혀 살기도 하였다. 웬만한 장난으로는 웃을 수 없었다. 그때 깨달았다. 웃는 것도 복이었음을.

지킬 앤 하이드처럼 가면을 쓰고 다녔다. 사람들과 있을 때는 한바탕 웃다가도, 집에 가면 가면을 벗고 하염없이 멍하니 지나가는 구름을 바라보았다.

미소를 잃은 내가 걱정이 되셨는지, 엄마는 억지로라도 하루에 3번 정도 "하하하하" 하며 복식호흡으로 웃는 것을 권유하셨다. 열심히 웃다 보면, 웃는 것을 노력하다 보면 뇌가 착각할 수 있다고 하시면서 말이다.

정말 다행인 것은 학교 선배 언니가 힘들어하는 나를 위해 매일마다 좋은 말을 해주고, 성경 말씀이나 찬양을 추천해 주었다. 직접 우리 동네에 와서 함께 놀기도 하고, 대면이 어려우면 비대면으로 만나서 이야기하는 시간을 가졌다(ZOOM을 활용하였다). 그렇게 시간이 흘러 나는 점점 웃음을 찾을 수 있게 되었다.

지금은 정말 잘 웃는다. 정말 툭하면 웃고, 지나가는 바람에도 웃는다. 과거에 소중한 사람이 떠나갔다는 사실은 변함없지만, 살아 있는 사람은 이 세상에 사는 동안에 최선을 다해 열심히 살아가야 한다는 생각이 강해서일까? 그냥 웃기로 하였다. 뇌가 행복하다고 착각할 정도로. 사실 지금 정말 행복하다. 내 주변에 있는 좋은 사람들 덕분에 하루하루가 재밌다.

이전에는 순수하고 해맑고 풋풋한 웃음이었다면, 지금은 이전보다 성숙하고 맑은 웃음이라고 표현할 수 있겠다. 머리가 하나 더 커졌으니 말이다.

한창 힘들 때는 사람을 만나는 것을 꺼려하였다. 괜히 에너지가 소진되는 것 같았다. 다른 누군가보다는 나에게 집중해야겠다고 마음을 다짐했을 때는 나 이외의 다른 사람들은 눈에 들어오지 않았다. 그러나 점점 시간이 지나고 회복이 되고 나니, 다른 사람들이 눈에 들어오기 시작했다. 그렇게 그들의 이야기에 더 귀를 기울이게 되었다.

주변 사람을 만나고 다니면서, 내 주변에는 좋은 사람들이 많이 있다는 사실을 깨닫는다. 덕분에 나의 웃음도 되찾았다. 함께하는 그 순간에는 걱정, 고민에 대해 생각을 하지 않기 때문이다. 오로지 상대방과의 대화에 집중하기 위해 노력한다.

요즘 사람들은 나에게 얼굴빛이 많이 환해졌다고 이야기한다. 웃음기를 되찾은 모습이 티가 나는 것이다. 다시 웃음을 찾음에, 주변에 좋은 사람들이 많이 있음에 감사하다. 무엇보다 다시 살아갈 수 있는 힘을 내게 해 준 선배가 있음에, 그 선배와 함께 할 수 있도록 인도해 주신 신께 감사하다.

① 평소에 잘 웃는 편인가요? 평소에 잘 웃는(웃지 않는) 편이라면 이유는 무엇인가요?

② 정말 힘들었을 때, 나에게 손을 내밀어 준 사람이 있나요? 어떤 사람인가요?

# 19. 깜깜한 어둠 속의 빛 한 줄기

나는 깜깜한 어둠을 좋아하지 않는다. 더 센 표현으로는 싫어한다는 쪽이 더 가깝겠다. 밤이 무서웠던 나는 어린 시절, 합창단 연습이 끝나고 집에 돌아가는 길을 두려워하였다. 그래서 가족 중 누군가에게 전화를 걸고는 했다. 그게 엄마든, 아빠든, 오빠든. 주로 가장 먼저 엄마에게 전화를 걸었다. 엄마가 안 받으면 오빠에게 전화하였다. 아빠는 분명 꿈나라에서 달토끼와 함께 계실테니 말이다. 오빠는 귀찮은 듯이 전화를 받았다.

"어 왜?"

"오빠, 엄마랑 아빠 쿨쿨?"

"어, 자는데? 왜 전화했는데? 설마 밖에 깜깜해서 무서워서 전화했어?"

"응 맞아. 나 집 들어갈 때까지 전화해 줘."

"(귀찮은 듯이) 아니 뭘 깜깜한 게 무섭다고 그러냐? 얼른 들어와. 나 잘 거야."

"오빠, 나 무서운데 집 문 좀 열어놔 주라. 엘리베이터 올라가고 있거든?"

"별 거를 다 시키네."

오빠는 귀찮은 듯이 툴툴대다가도 내가 집에 들어갈 때까지 통화를 해주고 나의 부탁을 들어주었다. 오빠를 한 단어로 표현하면, '츤데레'라고 할 수 있다.

깜깜한 것을 싫어하는 나에게 전화 한 통은 그야말로 한 줄기의 빛이었다. 숨통이 막히는 것 같다가도 전화 한 통이면 마치 이 세상을 다 이길 수 있을 것 같은 그런 당당함이 생기는 것처럼 느껴졌다.

전화 한 통으로 사람과 사람이 연결된다. 생명의 전화. 이 세상을 살아가고 싶은 마음이 없을 때, 도무지 힘을 낼 수 없을 때 도와달라고 손을 내밀어 달라고 도움을 요청할 수 있는 전화. 그렇게 우리는 서로 모르는 사이임에도 전화 하나로 연결될 때가 있다.

때로는 오빠가 이 세상에 살아있을 때 전화로 더 귀찮게 굴어볼걸 하는 생각이 든다. 밤에 집에 혼자 들어가기 무서우니까 전화 좀 받아달라며 귀찮게 할걸 그랬다. 그것을 핑계로 '요즘은 괜찮은지 물어봤으면 좋았을텐데'하며 지난 과거를 후회해보기도 한다. 그래도 다행인 것은 엄마가 오빠를 만나러 갈 때 나도 함께 갔다. 반찬을 가져다줄 때나 잠깐 얼굴을 보러 갈 때 엄마의 껌딱지인 나도 같이 가서 오빠를 보았다.

지나간 과거를 돌이킬 수 없으니, 현재 살아있는 동안에 할 수 있는 것을 찾는다. 주변 사람들에게 전화해서 안부 묻기. 전화를 걸어서 잘 살아있는지 확인을 한다.

"여보세요. 잘 살고 있어?"
"어어 왜 전화했어? 무슨 일이야?"
"아니 그냥 전화해 봤어. 잘 살아 있나 하고."

전화보다 카톡 같은 메신저를 선호하는 내가 전화를 건다면, 그 사람은 뭔가 특별한 무언가가 있다는 것이다. 언제 전화해도 이상하지 않은 그런 사이. 누군가의 안부를 물을 수 있음에, 누군가의 고민을 들어줄 수 있음에 감사하다.

① 누군가와 전화를 하면서 힘을 얻은 적이 있나요?

② 사람들에게 전화를 통해 힘을 준 적이 있나요?

## 20. 솔직해서 다행이야

나는 솔직한 편이다. 꾸밈없는 모습인 나는 이야기를 잘한다. 내가 말을 잘할 수 있는 이유는 나의 이야기를 귀기울여 들어주는 사람이 어렸을 때부터 현재까지 항상 있어서 그렇다고 생각한다.

어린 시절의 나는 자기주장이 강했다. 따박따박 말대꾸를 할 정도로 의견을 잘 표현하였다. 엄마, 아빠에게 혼날 때면 동네 이발소에 가서 속상한 마음을 털어놓았다. 외할머니와 이모에게 전화해서 엄마, 아빠를 이르기도 하였다. 나를 속상하게 했다면서 말이다! 언젠가 부모님의 귀에 들어가는 것을 알지 못한 채로 일단 속상한 마음을 이야기하는 게 1순위였다. 그래도 힘들 때 털어놓을 수 있어서 스트레스가 그리 크지는 않았다. 어린 시절의 솔직함은 성인이 된 지금의 나에게도 영향을 준다. 한 가지 달라진 점은 이전보다 어른스러운 방법으로 마음을 전달한다는 것이다.

어렸을 때의 나는 현재 내가 느끼고 있는 답답한 감정에 대해서 말을 했다면, 점점 성장하면서 객관적으로 상황을 볼 수 있게 되었다. 원인과 결과를 분석하면서 내가 무엇 때문에 감정이 상했는지 '나-전달법'으로 전달할 수 있다. 이는 친구와의 인간관계나 연인과의 인간관계, 그 어떤 관계에서든지 긍정적으로 작용한다.

사람은 말하지 않으면 모른다. 표현하지 않으면 지금 나의 상태가 어떤지, 왜 기분이 상했는지 알 수 없다. 말하지 않고 마음을 알아달라고 하는 건, 검은색 크레파스를 잔뜩 칠해놓고 어떤 그림인지 맞춰보라고 하는 것과 같다. 즉, 새카만 속을 알 수 없다는 것이다. 말하지 않으면 알 수 없다.

몇몇 사람들이 자신의 이야기를 하는 것을 어려워한다. 원인은 분명 과거 어린 시절에 있다. 생활환경, 양육자 등 주변에 있는 것의 영향을 받은 것이다. 누군가에게 무시를 당한 적이 있거나, 아무도 나에게 기댈 수 있는 곁을 내어준 적이 없거나. 신뢰할 수 있는 대상이 없었다면 아무래도 솔직하게 표현하는 것은 어렵게 느껴질 수 있다. 이는 애착과 관련이 있기 때문이다.

솔직한 것과 무례한 것은 다르다. 솔직한 것은 정중한 태도로 있는 그대로의 마음을 전하는 것이다. 무례한 것은 일단 상대방을 낮추는 시선으로 시작한다. 조금 세게 표현하자면 버르장머리 없는 그런 태도. 그렇게 자기 기분에 내키는 대로 감정적으로 표현하는 것이 무례함이다.

평소에 솔직하지 못한 편이라서 인간관계에 어려움을 겪고 있다면, 조금은 솔직해져 보자. 혹시라도 상대방이 상처받을까 봐 걱정된다면 이를 생각해 볼 필요가 있다. 누구나 상처받지 않을 권리가 있다는 것을 말이다. 그만큼 자기 자신도 아주 소중한 사람이라는 것을 우리는 알아야 한다.

솔직한 내 모습을 마주할 때 감사함을 느낀다. 청소년기에는 내 할 말을 다하지 못해서 억울한 적도 있었다. 그로 인해 정말 화병이 날 것처럼 속이 문드러졌다. 아니, 문드러지다 못해 썩는 것 같았다. 그런데 조금씩 천천히 내가 하고 싶은 말을 하다 보니, 어렸을 때 솔직했던 내 모습을 찾을 수 있었다. 표현하는 게 어렵게 느껴졌는데 해보니 별 거 아니었다. '왜 표현하는 것을 두려워하고 어려워했을까'하며 어이없다는 듯이 어깨를 으쓱이며 다시 예전의 모습을 찾았다. 솔직한 사람이 되어보니 오히려 인간관계가 수월했다. 솔직해서 참 다행이다. '나'라는 사람을 전할 수 있어서. 나의 진심을 전할 수 있어서.

① '나'는 솔직한 편인가요?

② 어렸을 때 나의 생각을 잘 말할 수 있는 생활 환경이었나요? 누군가가 나의 이야기를 잘 들어주었나요?

# 21. 용기를 낼 수 있는 힘

나는 참 감사하게도 어렸을 때부터 외가 친척 어른들이 예뻐해 주셨다. 말괄량이 같은 나는 내 집도 아니면서 아무 때나 친척 집을 방문했다. 마치 불시검문 나온 사람처럼 말이다. 이모들과 삼촌들은 항상 이렇게 무작정 들어서는 나를 늘 반갑게 맞이해 주셨다. 나에 대한 사랑이 가득한 친척 어른들은 늘 나에게 할 수 있다는 믿음을 심어 주셨다. 무언가를 실패하는 경험을 해도, 잘 성장할 수 있도록 하는 과정이라고 말씀하셨다.

인생을 살아가며 나에게 가장 큰 용기를 심어준 사람은 외할머니다. 직접 뵐 때든, 외할머니의 목소리가 듣고 싶어서 전화 통화를 할 때든 언제나 마무리 멘트는 "어쩌튼지 우리 세은이는 나중에 커서 훌륭한 사람이 될 거여."였다. 외할머니는 늘 내가 무엇이든지 할 수 있는 대단한 사람이 될 거라고 선포하셨다. 시험 성적을 망칠 때든, 다른 사람들과 비교하며 나를 스스로 부족하게 바라볼 때든, 언제든지 우리 외할머니는 나의 편이셨다. 그래서 인지 이리저리 치여 낙담하는 순간에도 내가 돌아갈 수 있는 마음의 집은 반드시 있다는 것을 믿으며 앞으로 나아갈 수 있게 되었다.

아빠는 보통 나를 그냥 알아서 하게 두셨다. 공부를 잘하든 못하든. 생각해 보니 시험 성적이 잘 나오지 않았을 때는 성적이 그게 뭐냐고 공부를 좀 하라고 하셨다. 이렇게 꾸중을 하실 때도 있지만 반대의 모습을 보여주실 때가 있다. 예상했던 결과가 나오지 않을 때 아쉬워하는 내 모습을 보시며 "괜찮아. 그거 뭐 얼마나 한다고. 다음에 또 도전하면 되지."라고 말씀해주셨다. 나에게 지속적으로 엄청 큰 관심을 보이신 건 아니지만, 그래도 이렇게 한 두 마디 무심하게 툭툭 던지시는 모습이 차라리 나았다. 때로는 아빠의 말씀이 맞다고 느껴질 때가 있으니까. 다시 도전하면 되니까. 그렇게 감동받고 아빠를 지그시 바라보던 찰나, 그럼 그렇지. 엎드리시자마자 드르렁 코를 고신다.

엄마를 동물에 비유하자면, 야생에 있는 사자처럼 나를 키우셨다. '안 되면 되게 하라!'라는 정신보다는, '하기도 전에 미리 포기하지 마라!'라는 정신이 엄마와 어울린다. 그래서 시험공부를 안 하고 성적이 안 나오면 호되게 혼이 났지만, 열심히 했으나 성적이 잘 안 나오는 때면 '그럴 수도 있지. 최선을 다했잖아.'라고 하시며 응원을 해주셨다. 과정 중에 얼마나 성실히 하는지를 중요하게 생각하시는 엄마 덕분에 용기를 낸 적이 많았다.

어렸을 때 용기를 내었던 경험이 어른이 된 이후에도 영향을 많이 준다. 할 수 있다는 믿음을 가지고 도전한 적이 있었고, 그것이 잘 이루어지지 않을 때도 있었지만 반대로 좋은 결과를 얻게 된 경험도 해보았다. 그래서인지 처음 해보는 일을 도전할 때 생각보다 겁을 내지 않는 편이다. '일단 부딪혀보자', '될 수도 있고 안 될 수도 있지만 일단 너무 계산하지 말고 해 보자'라는 생각을 가지고 살아간다. 그래서 계획한 것을 잘 실행에 옮기는 편이다. 이렇게 용기를 낼 수 있는 힘이 있음에, 건강한 힘을 기를 수 있도록 옆에서 응원해 주시고 도와주신 어른들이 계셔서 감사하다.

① 인생을 살아가며 나에게 용기를 준 사람이 있나요? 누구인가요?

② '나'는 용기 있는 사람인가요?

## 22. 공부도 하고 싶어야 하지

어린 시절, 나는 공부보다 놀기를 좋아하는 뽀로로였다. 잘 놀고 공부도 잘하는 오빠를 보며 벼락치기 방법을 따라한 적이 있다. 그런데 왜 오빠는 좋은 성적을 받고, 나는 그것의 반대인지 세상은 정말 불공평하다고 느꼈다. 실컷 뛰어놀고 나중에 공부하는 오빠처럼 똑같이 했는데 왜 결과는 다를까? 너무 억울해서 눈물이 왈칵 쏟아져 내렸다. 사람마다 자기에게 맞는 공부 방법, 패턴이 다르다는 것을 잘 모르는 상태로 말이다.

초등학생 때까지는 놀면서 공부를 하거나 벼락치기 방법을 써도 어느 정도 성적이 잘 나왔다. 그런데 중학생이 되니 이전에 활용하던 벼락치기 방법이 통하지 않았다. 더군다나 공부에 완전 흥미를 잃은 나는 수학을 포기한 사람 즉, 수포자가 되었다. 살짝 부끄럽긴 하지만, 중학교 1학년 때 수학을 10점대를 맞은 적도 있다. 얼마나 심했으면 담임 선생님께서 계속 이렇게 하다가는 일반계 고등학교도 못 갈 수도 있다고 말씀하셨다. 엄마는 공부를 안 하는 자녀를 보시며 가장 안타까워하고 답답해하셨다. 학원을 다니지 않고 스스로 공부해야 하지만, 혼자서 공부를 하지도 않는 나를 보며 엄마는 쾅쾅 가슴을 치셨다. 때로는 엄마의 눈치가 보였다. 공부에 흥미를 갖지 않고 놀기를 좋아했던 나의 행동은, 나에게 맞는 공부 방법을 몰랐기 때문에 외면한 걸지도 모른다. 엄마는 곰곰이 생각하시다가 이내 좋은 방법이 떠오르셨는지, 먼저 독서실에서 앉는 연습을 해보자고 제안하셨다. 엉덩이가 깃털처럼 가벼웠던 나에게 정말 크고 어렵게 느껴지는 도전이었다. 엄마는 눈썹이 한껏 시옷 모양이 된 내 모습을 보시며 독서실 가서 공부를 하지 않아도 되니 앉아만 있어보라고 하셨다. 나는 엄마의 제안을 받아들였고 첫날은 정말 앉아있기만 하였다. 딱딱한 의자는 제법 불편했고 엉덩이는 뜨거운 솥뚜껑에 앉은 건지, 방방을 타고 있는 건지, 금방이라도 팝콘처럼 튀어 나갈 준비를 하고 있었다.

'조금만 더 참아보자, 조금만 더.'

마음속으로 '조금만 더'를 외쳤다. 그렇게 나는 하루, 이틀, 사흘, 나흘, 그 이상이 지나도록 매일마다 독서실에 가서 앉아 있는 연습을 하였다. 시간이 흐르고 어느 정도 적응을 한 이후에는 숙제를 들고 가서 하기 시작했다. 숙제가 없는 날에는 책을 들고 가서 독서를 하였다. 점점 시험 기간이 다가오자, 할 일을 계획하기 위해 플래너(계획한 것을 적는 공책)를 가져갔다. 그렇게 점점 나는 공부하는 법에 대한 감을 느끼기 시작하였다. 독서실 가서 그냥 앉아 있기만 해도 된다는 엄마의 방법이 나에게 효과적으로 작용한 것이다. 나는 점점 공부에 관심이 생겼다. 정말 눈곱만큼이지만 성적도 제법 올랐다. 엄마, 아빠의 성에 안 차는 성적을 들이밀며, 그래도 오른 게 어디냐며 떵떵거리던 나. 당시의 나는 내가 뿌듯하면 그것만으로도 되었다고 생각하였다.

시간이 지나고 목표가 생겼다. 평균 90점 후반대로 마무리하고 학교를 졸업하자는 목표를 가졌다. 그렇게 나는 확고하게 목표를 설정하고 그것을 이루기 위해 꾸준히 공부를 하기 시작했고 틀리는 부분이나 잘 모르는 부분은 오답 노트를 하며 나만의 공부법을 찾아갔다. 결과적으로 나는 꿈꾸던 목표를 이루었다. 중학생 시절에 마냥 독서실 의자에 가만히 앉아 있었던 도전의 시작점 덕분에 얻은 좋은 습관이 고등학생, 대학생, 그리고 그 이후에까지 영향을 주고 있다.

나는 고등학생 때 기독교 대안학교를 다녔다. 보통 사람들은 '대안학교'라고 하면 학교 부적응자, 공부 못하는 사람이 다닌다고 생각하는데, 그렇지 않다. 누구든지 갈 수 있다. 대안학교를 다니면서 공부뿐만 아니라 여러 가지 부분에서 건강하게 잘 성장할 수 있도록 영향을 많이 받았다.

학교를 가보니, 오빠의 어린 시절의 공부 습관처럼 시험을 준비하는 친구가 있었다. 벼락치기를 해도 좋은 성적을 받는 공부를 잘하는 머리가 타고난 친구. 그런 친구가 부러울 때가 있었다. 그렇다고 해서 시험공부를 할 때 친구를 라이벌로 두기보다, 과거의 나를 라이벌로 두니 오히려 공부가 더 잘 되었다. 무엇이든지 타인과 비교를 하기보다는 나 자신과 비교를 하는 게 가장 효과적이다. 그렇게 '과거의 나'와 '현재의 나'를 비교하며 도전하였다. 점점 공부에 재미를 붙인 나는 어느 날 어려운 관문을 마주하였다. 그것은 바로 대학교 공부. 전공책은 베개로 해도 될 만큼 두꺼웠다. 이 많은 것을 어떻게 외우고 시험을 본담? 기독교 대안학교를 다녔던 나는 치열한 일반계 고등학교 과정을 겪어온 학생들과 함께 공부할 수 있을지 고민이 많았다.

대학교에서의 첫 시험을 보았다. 시험 성적은 그냥 보통이었다. 내가 공부한 양만큼 빛을 발하지는 못했지만, 그래도 나름 '이만하면 되었지'하는 정도였다. 아쉬움이 가득했지만, 내가 할 수 있는 최선을 다했기에 아쉬움을 뒤로한 채 수업을 재밌게 들었다. 교수님께서 질문하실 때마다 대답할 정도로 웃음을 머금으며 강의 시간을 즐겼다. 대학생 초창기에 선배들로부터 들을 수 있는 꿀팁(좋은 방안, 유용한 정보)을 들을 수 있다. 시험공부든 과제물 수행이든 미리 하는 게 좋다는 선배들의 의견을 중요하게 생각하고 받아들였다. 그렇게 밀리지 않고 기한 내에 미리 하려고 노력하였다. 이러한 좋은 습관 덕분에 빛을 발할 수 있었다. 귀찮을 때도 있었지만, '나'와의 약속을 끝까지 지켰다. 버스로 이동하는 자투리 시간도 아깝게 느껴져서 시험 기간에는 버스 안에서 시험공부 자료를 읽어보기도 하였다. 학비를 보태고 싶었던 나는 열심히 한 결과, 전액 장학금을 받았다. 말로 표현할 수 없을 정도로 뿌듯하였다. 새벽에 성적을 확인을 했는데 얼마나 기뻤는지 꿈나라 여행중인 엄마를 깨워서 좋은 소식을 알려 드렸다. 처음 성적우수 장학금을 타던 그 시기가 나에게는 심적으로 가장 지친 상태였기 때문에 마치 사막에서 오아시스를 발견한 것처럼 큰 기쁨을 주었다.

중학생 때의 작심삼일이 큰 기적을 만들었다. 이러한 모든 과정에서 엄마가 늘 함께 하셨다. 엄마의 말씀에 순종해서 다행이다. 좋은 길로 인도해 주신 신께 감사하다. 공부하는 것을 즐기고, 끝까지 최선을 다할 수 있도록 힘을 주심에 감사하다. 공부를 하고 싶은 마음을 주심에 감사하다. 충분히 흔들릴 수 있는 상황에서도 내가 지금 해야 되는 것이 무엇인지 깨닫게 해 주시고, 마음의 중심을 잘 잡을 수 있도록 해주심에 감사하다.

① 나에게 공부는 무엇인가요? 평소에 공부하는 것을 좋아하나요?

② 목표를 세우고 그것을 성취했을 때의 느낌은 어떤가요?

## 23. 참다가 화병 나는 줄 알았는데 화분이 되었다

식물이 열매를 맺기까지 시간이 걸린다. 어떤 식물인지에 따라 걸리는 시간은 다르다. 뿌리를 내리는 과정을 보면, 흙 속으로 여러 가닥이 서서히 파고드는 것을 알 수 있다. 줄기가 흔들리지 않게 튼튼하게 받쳐 주는 것(지지해주는 것)이다.

어렸을 때의 나는 지금보다 말이 많았다. 이야기를 나눌 때 상대방보다 내가 이야기하는 빈도수가 더 많았다. 하고 싶은 말이 많아서 속사포로 이런저런 이야기를 하였다.

말이 많으면 실수를 하기 마련이다. 그리고 대화 상대가 이야기를 듣다가 금방 지쳐버린다. 대화를 할 때 상대방의 이야기를 들어주기 위한 인내심이 필요하다. 어렸을 때의 나는 인내심이 많이 부족하였다. 그렇게 주변 사람들이 지쳐서 하나둘씩 떠나기 시작하였다. 제법 외로운 시절을 보낼 수밖에 없었다. 자초지종. 내가 그렇게 만든 것이니까.

시간이 지나고 성장하고 성숙해졌다. 실수하지 않으려면 말을 아껴야 한다는 것을 깨달은 것이다. 그리고 말하기보다 많이 들어야 사람을 많이 얻는다는 것을 알게 되었다. 그렇게 나는 인간 관계를 올바르게 형성하는 과정에서 인내심을 배웠다.

처음에 기다리고 참는 게 어려웠다. 생각보다 힘들었다. 참다가 참다가 화병이 나는 줄 알았다. 그런데 화병이 아니라 화분이 되었다. 참았다기보다 상대방이 이야기를 끝까지 할 수 있도록 기다렸다. 그렇게 꽃을 피울 수 있도록 자리를 내어주는 화분이 되었다. 인내심을 가지고 기다려줄 수 있는 사람이 되었다. 그동안의 과정을 거쳐오면서 많이 아플 때도 있었고, 눈물 날 때도 있었다. 시간이 지나고 결국, 화병이 아니라 화분이 되었다.

지금은 주구장창(주야장천) 나의 이야기를 하기보다, 누군가의 이야기를 귀 담아 들어줄 수 있게 되었다. 때로는 "너는 왜 말이 없어?"라고 물어보는 사람도 있다. 말이 없는 게 아니라, 아끼는 것이다. 불필요한 말을 아끼고, 필요한 말을 하는 것. 우리는 들을수록 얻는 게 많다. 배움이든, 사람이든.

① 주로 누군가의 이야기를 들어주는 편인가요, 이야기를 하는 편인가요?

② 화병 나는 줄 알았는데, 화분이 되었던 적이 있나요? 언제, 무슨 일이었나요?

# 24. 그럴 수도 있지

이전의 나는 실수를 두려워하였다. 어쩌면 현재 진행형일지도 모른다. 사람이라면 누구든지 크고 작은 불안을 가지고 있다. 잘 하지 못할까봐, 시도하기도 전에 겁을 내는 것이다.

과거의 나는 혹시라도 실수를 할까, 실행하기도 전에 미리 포기한 적이 있다. 시도를 하지 않았으면서 하지 못할 것이라고 섣부르게 계산한 것이다. 실수를 겁냈던 내가 언제부터인가 예상하지 못한 상황에 유연하게 대처하기 시작하였다. '그럴 수도 있지', '다시 하면 되지'라고 하면서 스스로를 다독이며 앞으로 나아갔다.

정신적으로 스트레스가 컸을 때 원인을 떠올려보니, 가능한 것보다 불가능한 것에 초점을 두었다는 것을 깨달았다. 그렇게 스스로를 갉아먹은 것이다. 부정적인 생각을 많이 하니 점점 자신감을 잃게 되었고, 자존감도 야금야금 갉아먹었다. 시간이 서서히 지나면서 삶이 피폐하게 느껴졌다. 나는 도대체 왜 이 세상을 살아가야 하는지 질문하고, 질문이 꼬리에 꼬리를 물어 부정적인 생각에 이를 때도 있었다. 이대로 가다가는 어둠이 내 삶을 꿀꺽

삼킬 것 같았는지 엄마는 나를 보시며 걱정하셨다. 그렇게 오며 가며 나를 보실 때마다 긍정적인 이야기를 한두 마디 건네주셨다. 할 수 있다고 괜찮다면서 믿음을 심어 주셨다.

'다시 하면 되지'
'그럴 수도 있지'

심하게 완벽하고 싶던, 완벽주의였던 나에게 엄마가 하신 말씀이다.
두려움과 불안함이 나를 휩쓸리게 할 때마다 주문처럼 외웠다.

'그럴 수도 있지. 다시 하면 되지'

시간이 점점 흘렀고, 이는 나에게 아주 익숙한 말이 되었다. 그리고 이 짧은 문장이 나를 건강하게 만들었다. 내 삶에 아주 큰 변화를 가져올 수 있도록 도와준 말이기도 하지만, 무엇보다 내 주변 사람들에게도 응원의 말을 할 수 있도록 이끌어주었다. 누군가 나에게 '괜찮아, 다시 하면 되지.'라고 격려의 말을 한 것처럼, 나도 다른 사람들이 자신의 실수로 인해 낙망하고 있을 때 '괜찮아, 다시 하면 되지.'라며 힘을 주었다. 별 거라고 생각한 것을 별거 아니라고 느낄 수 있도록 격려를 할 수 있게 되었다.

① 별 것이라고 생각한 게, 별 거 아닌 것처럼 느껴질 때가 있었나요?

② 지나간 일을 계속 생각하는 편인가요, 흘려보내는 편인가요? 평소에 고민이 많다면, '그럴 수도 있지'라고 생각하는 것을 추천드려요. 큰 문제라고 생각한 것이 어느 순간 '별 것도 아니었네'라고 흘려보낼 수 있게 될 거예요!

## 25. 그럴 만한 이유가 있겠지
### – 약속은 곧 신뢰로 이어진다

어느 순간부터 상대방에 대한 기대를 내려놓을 수 있게 되었다. 기대한만큼 실망한다는 말처럼 인간관계에서 누군가 나에게 실망감을 안겨준 날이 있다. 내가 상대방에게 꽤 진심이었구나 깨달은 순간이었다. 그렇게 점점 상대방에게 향하는 마음을 내려놓기 시작하였다. 나와는 다른 사람이니까, 그 사람만의 이유가 있겠지라고 생각하면서 말이다.

나는 시간 약속을 아주 중요하게 생각한다. 시간 약속은 신뢰와 아주 가깝게 연결되어 있기 때문에 더 중요하게 느낀다. 시간은 지나면 다시 돌아올 수 없을 정도로 아주 소중한 것이기 때문에 약속을 지키기 위해 노력한다. 시간 약속을 꽤 중요하게 생각을 해서 그런지, 처음에는 다른 사람이 시간 약속을 지키지 않을 때 불편하게 생각하였다. 그래서 괜히 툴툴거릴 때도 있었다. 그러나 점점 기분이 상하고 망가지는 건 결국 나였다는 것을 깨달았다.

사람은 누구나 다르다. 누군가는 시간 약속을 중요하게 여길 수 있고, 어떤 사람은 이에 대해 아무런 생각이 없을 수도 있다. 그리고 때로는 사정이 있으면 늦을 수도 있다. 이에 대해 유연하게 대처해야겠다고 생각하였다. '늦을 만한 이유가 있겠지'하며 말이다. 이유가 귀찮아서든, 늦잠을 자서든, 나는 내 시간을 효율적으로 사용해야겠다고 생각하였다. 어떻게 하면 자투리 시간을 효율적으로 활용할 수 있을지 고민하다가 좋은 방법이 떠올랐다. 늘 가방에 무언가 할 거리를 챙기고 다니면서 자투리 시간을 활용하는 것이다. 그래서 나는 늘 가방이 무거운 편이다. 그날 해야 할 일거리나 읽을 책을 가지고 다니기 때문이다.

나와 만나기로 한 상대방이 늦으면 미안하다고 사과하는데 나는 늘 괜찮다고 말한다. 마음에도 없는 말을 꾸며내는 게 아니라 정말 괜찮아서 괜찮다고 말하는 것이다. 혼자 있는 시간을 소중하게 생각하고 좋아하는 나에게 홀로 독서할 수 있는 시간을 줘서 고맙다는 마음을 표현한다. 그렇게 나는 상대방이 시간 약속을 지키지 않아도 마음을 평온한 상태로 유지할 수 있게 되었다. 이 사람이 왜 늦는지, 시간 약속을 지키지 않는지 집중하기보다 어떻게 하면 자투리 시간을 활용할 수 있을지, '저 사람이 늦는 데에는 이유가 있겠지'하며 상황을 생각하고 받아들이는 방법이 변화한 것이다.

정리해서 말하자면, 시야가 '나'에서 '타인""'에게로까지 넓어졌다. 자기중심적이었다가 타인과 자신을 둘 다 챙길 수 있을 만큼 성장한 것이다. 예전의 나였으면 이러한 문제 상황에 대해서 상대방과 이야기하다가 토라질 수도 있었을 텐데, 생각을 변화시키고 나니 인간관계가 편해졌다. 오히려 상대방이 난감해할 때가 있을 정도로 편안한 상태를 유지한다. 그리고 무엇보다 시간을 효율적으로 활용할 수 있을지 신이 지혜를 주신 덕분에 긍정적인 방향으로 변화한 것이다. 자투리 시간을 잘 활용할 수 있음에, 타인을 이해하고 포용할 수 있음에, 이 모든 것을 감당할 수 있는 힘을 주심에 감사하다.

① 나에게 '시간'은 어떤 의미인가요?

② 평소 약속을 잘 지키는 편인가요, 그렇지 않은 편인가요? 이유는 무엇인가요?

③ 자투리 시간을 잘 활용하나요? 자투리 시간에 무엇을 하나요?

## 26. 담담함에서 묻어 나오는 촉촉함
### - 쿠키 같은 사람

나는 겉은 바삭하고 속은 촉촉한 쿠키를 좋아한다. 평소에 단 것을 잘 먹지는 않지만, 묘하게 그런 게 먹고 싶어서 생각날 때가 있다. 쿠키 같은 사람이 있다. 겉은 바삭한데 속은 촉촉한 사람. 겉은 단단해 보이고 속에는 숨겨진 여리고 따뜻한 모습이 있는 그런 사람.

사람들이 나에게 공통적으로 한 말이 있다.
"너는 큰 일을 겪었는데, 어떻게 그렇게 담담해?"
"충분히 속상하고 힘들었을 텐데, 되게 씩씩하다!"

나의 삶을 들여다보았을 때, 다른 사람은 어떻게 살아왔는지 잘 모르겠지만 내 인생도 만만치 않다고 생각한다. 그래서 누군가가 그동안 내가 살아온 이야기를 궁금해하면, "내 인생 스펙타클(spectacle, 스펙타클 하다-규모가 크고 볼거리가 많다) 해."라고 말한다.

평소 나의 겉모습은 개구쟁이처럼 보인다. 동그란 얼굴에 크고 동그란 눈, 동그란 코, 공기주머니처럼 빵빵하고 발그레한 두 볼, 도톰한 입. 보이는 모습이 동글동글해서 사람들이 실제 내 나이보다 어리게 본다. 귀엽다는 말도 제법 많이 들었다. 겉모습이 어려 보여서 그런지 생각도 어릴 것이라고 으레 짐작하는 사람들도 있다. 그런데 나와 대화를 나누고 나면 대부분 생각보다 어른스러운 사람이라는 말을 한다.

보통 사람들은 자신의 어려움을 쉽게 털어놓고 말하지 않는다. 오히려 들킬까 봐 감추기도 한다. 그런 사람들이 속 시원하게 말할 수 있도록, 과거에 나의 큰 어려움을 주로 먼저 말한다. 누구나 인생을 살아가며 어려운 시절이 있었을 텐데, 나도 이런 어려움을 경험했다고 하며 나를 성장하게 해 준 일에 대해 말한다. 그 이야기를 들은 사람들은 하나같이 놀란다. 이렇게 큰 일을 겪고도 어떻게 웃음을 지을 수 있냐며 말이다. 어떻게 극복했는지, 얼마나 힘들었을지 생각하며 오히려 나보다 상대방의 표정이 짠해지고는 한다.

나는 별 일 아니라고 여겼는데 다른 사람에게는 별일이었을 때, 그때 나의 상황이 보통이 아닐 정도로 큰 일이었다는 사실을 마주한다. 어쩌면 '나도 속 시원하게 울고 싶었던 것은 아닐까'하며 말이다.

현재 겪고 있는 어려움이 엄청 크게 느껴져도 나중에 시간이 지나면 점점 작아진다. 학교 폭력이든, 가족과의 이별이든. 지금 느끼기에 힘든 감정이 너무 벅차서 다 포기하고 싶게 느껴져도 결국 시간이 지나면 나을 때가 있고, 잊어버리기도 한다. 그렇게 우리는 담담함을 얻는다.

지금은 힘든 시기에 대해 이야기할 때 오히려 담담해진다. 마치 다른 사람의 이야기를 하듯이 아무렇지 않게 이야기한다. 괜찮은 척을 하려는 게 아니라 정말 담담하게 그 자체를 전하는 것이다.

우리는 누구나 가면을 하나씩 쓰고 다닌다. 직접 말을 하지 않으면 그 사람이 어떤 인생을 살아왔는지 모른다. 최근에 한 언니와 카페에서 긴 시간 동안 대화를 하였다. 겉으로 보이는 모습에서도 언니는 참 강한 사람이라는 생각이 들었는데, 그럴 만한 이유가 있었다. 힘든 시기를 견디고 이겨내고 살아온 언니의 모습이 대단하게 느껴졌다. 나와는 다른 어려움과 힘듦이지만, 그 과정에서 언니만의 방법으로 살아가고 있었다. 둘이서 지나온 세월을 나누고 나니 뭔가 더 친해진 느낌이 들었다. 상대방이 먼저 어려움을 말하면, 나도 괜히 어려움을 말할 수 있을 것 같은 그런 용기가 생긴다. 그렇게 서로 각자의 삶의 이야기를 나누는 것이다. 나의 삶을 나눌 수 있음에, 누군가의 삶을 들어줄 수 있음에 감사하다. 그리고 쿠키 같은 사람이 될 수 있어서 감사하다. 힘든 나날들을 이겨내고 다른 사람들에게 힘이 있는 말을 해주는 촉촉한 사람이 될 수 있음에 감사하다.

① 당신은 촉촉한 쿠키 같은 사람인가요?

② 지금까지 인생을 살아오면서 가장 힘든 순간은 언제인가요? 그 과정을 통해 얻은 것이 있나요? (성장)

## 27. 살짝 방향을 바꾸어야 보이는 것들

뒤에 무슨 일이 일어나고 있는지 돌아보지 않고 그저 앞만 보고 달렸던 적이 있다. 주변 사람들은 앞만 보고 내달리는 나를 향해 뒤를 좀 돌아보라고 조언을 해주었다. 스스로를 혹사시키지 말고 쉼을 누릴 때도 있어야 한다면서 걱정 어린 눈으로 바라본다. 오죽하면 교수님께서도 지칠 수도 있다며 적당히 달리라고 하셨을까.

다른 사람들이 보기에 나는 늘 바쁜 사람이다.
"너는 왜 매일 바쁘게 살아?"
"그냥 좀 쉬어."
"너는 좀 쉴 필요가 있어."

이런 말을 정말 많이 들었다.

매번 가속도를 붙인 나는 가열된 엔진이 펑 터져버린 자동차가 되었다. 교수님 말씀처럼 에너지가 소진되어 방전이 되었다. 더는 앞으로 나아갈 수 없는 상태인 것이다. 넘어진 상태에서 하늘을 올려다보니, 하늘이 그렇게 예쁠 수가 없었다. 맑은 하늘에 몽글몽글한 구름이 두둥실 떠있었다. 아름다운 하늘을 눈에 가득 담았다.

'우와 진짜 예쁘다….'

자연환경, 풍경 사진 찍는 것을 좋아해서 사진으로 그날을 기록하였다.

나는 산책을 좋아한다. 그래서 생각을 정리할 시간이 필요할 때 냅다 산책을 한다. 바쁘게 사는 나의 삶 중에서 가장 여유로운 시간이 산책할 때다. 걸으면서도 무언가를 생각한다. 내가 겪고 있는 일을 어떻게 해결하면 좋을지, 생각의 흐름이 끊임 없이 이어진다. 그렇게 나의 에너지를 충전한다. 어떤 사람은 계속 머리를 굴리는 나의 모습이 안쓰러웠는지 아무 생각 없이 있어보라고 권유하셨지만, 이게 나인 걸 어떻게 하나. 온전히 나의 모습을 받아들이는 수밖에 없다.

우리의 삶 속에서 이런 순간이 꼭 필요하다. 나를 되돌아보는 시간. 소진된 에너지를 충전할 수 있는 시간. 급하게 달려왔다면 잠시 멈춰 서야 하는 시간이 필요하다.

살짝 방향을 바꾸어야 보이는 것이 있다. 예를 들면 담장 사이에 피어나는 꽃과 같은 것. 쉼 없이 달려온 나에게 속도를 줄이고 다른 방향도 볼 수 있도록 잠시 1년의 시간을 주었다.

그림책 놀이 지도사 강의를 들으러 다닐 때 걸어서 이동한다. 도심 속 작은 시골 마을 같은 우리 동네. 배산임수라고 할 수 있다. 초록색이 가득하고, 새소리가 많이 나는 그런 동네. 푸른 하늘을 보며 맑은 공기를 마시며, 예쁜 꽃을 보니 덩달아 기분이 하늘을 날아갈 듯이 좋아진다. 바쁠 때, 급하게 다닐 때는 보이지 않던 꽃이 참 예쁘게도 피어 있는 모습을 발견하였다. 앞만 보고 가다가 옆을 돌아보게 된 것이다.

횡단보도를 건널 때, 앞만 보고 가면 위험할 수 있다. 차가 오는지 안 오는지 알기 위해서는 반드시 양옆도 꼭 봐야 한다. 그렇게 해야 안전한 삶을 살 수 있다. 우리의 삶도 마찬가지다. 앞, 뒤, 옆 모두 잘 봐야 한다. 적절한 쉼과 앞으로 달릴 수 있는 그런 에너지 모두 필요하다. 잠시라도 살짝 방향을 바꿔서 소중한 것을 발견할 수 있음에 감사하다. 재충전하는 시간을 가지고, '나의 삶'에 대해서 되돌아볼 수 있음에 감사하다.

① 앞만 보고 달렸던 적이 있나요?

② 문제가 해결되지 않을 때, 좋은 생각이 떠올라서 해결한 적이 있나요? (방향을 바꿔서 보이는 것이 있었나요?)

# 28. 한 걸음 뒤로 가기

정신적으로 건강하지 않다는 느낌이 들 때, 예상하지 못한 어려움을 마주하면 불평과 불만이 튀어나왔다. 그때 엄마는 나에게 "어차피 상황은 바뀌지 않으니까, 그 상황에서 신이 무엇을 원하시는지 생각해 봐. 분명 너에게 보여주시는 무언가가 있을 거야."라고 말씀하셨다. 나는 엄마가 내 마음에 공감하지 못한다며 붕어 입을 만든 상태로 투덜대기도 하였다. 그런데 시간이 지나고 점점 나이가 드니 엄마의 말씀이 무엇을 의미하는지 알게 되었다.

아무리 힘들고 어려워도 솟아날 수 있는 구멍은 있다. 문제 상황을 마주했을 때만 안 보이는 것뿐이다. 시간이 지나고 나서 다시 그 상황을 생각했을 때, 왜 내가 이건 생각을 못했을까 하며 의아해할 때도 있다.

우리는 갑작스러운 상황을 마주했을 때 당황한다. 두려운 마음이 들기도 한다. 오히려 그런 때일수록 당황한 마음을 침착함으로 변화시키고, 이 상황이 지금 나에게 무엇을 원하고 바라는지 생각해 볼 필요가 있다. 그리고 이러한 상황을 통해 어떤 배움을 얻을 수 있을지 기대하는 마음도 가지면 좋다. 위기를 기회로 만드는 것이다. 그렇게 하면 무엇보다 상황을 긍정적으로, 열린 마음으로 문제 상황을 해결할 수 있게 된다.

물이 조금 남아 있는 같은 상황 속에서, '물이 반 밖에 안 남았네.'와 '물이 반이나 남았네.'의 관점은 다르다. 전자는 부정적인 관점이고 후자는 긍정적인 관점으로 상황을 바라보고 있다. 후자로 생각하면 보다 긍정적인 삶을 살 수 있다. '오히려 좋아'. 비록 내가 예상한 대로 흘러가지는 않았지만, 생각하지도 못한 어려움을 마주하였지만, 한층 더 성장하는 미래의 나를 기대하는 그런 삶. 쉽지 않더라도 일이 생겼을 때 한 걸음 뒤로 물러나서 긍정적인 시선으로 바라보면, 분명 나에게 이로울 것이며 힘을 줄 것이다.

때로는 힘든 마음이 평소보다 더 크게 느껴질 때가 있다. 마음의 중심을 잘 잡지 못해 갈대처럼 흔들릴 때도 있었다. 그때마다 엄마는 나에게 "언제나 어디에서나 너의 자리를 지켜야 돼."라고 말씀하셨다. 귀에 딱지가 생길 정도로 들은 덕분인지, 문제 상황을 마주할 때마다 엄마가 나에게 해주신 말씀이 떠올랐다. 일이 생겼을 때 한 걸음 뒤로 물러난 상태로 내가 지금 할 수 있는 최선이 무엇인지, 그 선택에 대한 후회를 하지 않을 자신이 있는지 고심한다. 나에게 이렇게 응원해 주시는 엄마가 있음에 감사하다. 그리고 문제 상황을 마주했을 때 낙심하거나 넘어져 있는 상태로 계속 있기보다, 내가 현재 할 수 있는 게 무엇인지 생각할 수 있음에 감사하다.

① 갑자기 문제 상황이 생겼을 때, 나는 어떻게 하나요? 크게 당황을 하는 편인가요, 침착하게 해결방법을 생각하고 행동하나요?

② 마음이 불안할 때, 편안한 마음을 가질 수 있도록 도와준 사람이 있나요? 누구인가요?

# 29. 나는야 할머니 할아버지 부자

머리를 양갈래로 묶고 호빵을 두 볼에 올린 것처럼 보여서 동네 주민들에게 귀여움을 많이 받던 어린 시절, 경로당은 나의 놀이터였다. 맞벌이 부부이신 부모님은 아침이나 밤에 볼 수 있었다. 그래서 방학이 되면 오전에는 학교와 도서관에서 나의 할 일을 하였고, 이후에는 외할머니집이나 이모집에 갔다. 주로 외할머니와 함께 지냈던 나에게 경로당은 내가 놀 수 있는 놀이터였다.

경로당에는 할아버지들과 할머니들이 많이 계셨다. 그분들은 나에게 여기 있는 모든 사람을 나의 할머니, 할아버지라고 생각하라고 말씀하셨다. 그 정도로 어른들의 사랑을 한 몸에 받고 자랐다. '독도는 우리 땅', '한국을 빛낸 100명의 위인들' 노래를 부르면 맛있는 과자를 사 먹으라며 고사리 같은 손에 용돈을 꼭 쥐어주시기도 하셨다.

할머니, 할아버지들과 꽤 오랜 시간 동안 함께해서인지, 나는 구수한 말솜씨를 얻었다. 충청도는 특히 말을 늘려서 하거나 '~유', '~슈'라고 하는데, 나도 모르게 입에 착 붙었다. 그래서 사투리도 잘 알아듣는 편이다. 그리고 급함보다는 여유로움이 나를 잘 표현해주는 단어가 되었다.

어린 시절에 어른들과 대화를 나눈 시간이 많아서인지, 크고 나서도 어른과 이야기를 나누는 게 불편하지 않다. 오히려 어른과 대화하는 게 더 편하게 느껴진다. 물론 건강한 어른과 대화할 때 말이다. 학원 차를 기다릴 때나 학교에서 집으로 가는 길에 동네 할머니와 할아버지께서 지나가시면 오랜 친구를 만난 것처럼 이야기를 나누며 함께 목적지로 갔다. 덕분에 동네 어른 친구들이 많았다.

방학 때는 경로당에서 시원한 열무국수를 먹었다. 열무국수를 만들어주신 분은 우리 외할머니. 아직도 외할머니의 시원한 열무국수는 너무 맛있었다는 강렬한 기억에 맛을 잊을 수 없다. 나의 입맛을 사로잡으신 외할머니 손을 꼭 붙잡고 다녔던 나는, 경로당에 들어서면 스타가 된 것처럼 스포트라이트가 비쳤다. 경로당에 계시는 분들의 눈에는 얼마나 내가 귀엽고 예뻐 보이셨는지, 갈 때마다 아이 예쁘다며 궁둥이를 두들기셨다. 점심 식사를 함께 하고 다같이 윷놀이 게임을 하였다. 할머니들과 할아버지들은 땡그랑 동전 몇 푼을 걸으시고 게임을 하셨다. 그래야 승부욕이 생기고 게임이 재밌어진다고 하셨다. 외할머니 차례가 되면 나와 외할머니가 번갈아서 윷가락을 던졌다. 윷놀이 게임이 끝나면 할머니들끼리 화투 게임을 하셨다. 게임을 할 줄 모르는 나는 눈을 지그시 뜨고 입을 꾹 닫으신 상태로 열중하시는 할머니들의 표정을 보았다. 그 누구보다도 진지한 표정을 지으시는 할머니들. 나는 어른들 사이에서 외할머니를 응원하였다. 아무래도 핏줄이 끈끈하기는 하다. 그렇게 나의 어린 시절은 동네 어른들과 함께 한 추억이 가득하다. 어렸을 때 이러한 경험을 할 수 있음에, 나를 많이 예뻐해 주시던 동네 할아버지, 할머니들께 감사하다. 덕분에 정이 많이 생겼고 나도 다른 누군가를 사랑할 수 있는 마음을 가지게 되었다.

① 어린 시절, 할머니와 할아버지에 대한 추억이 있나요?

② 동네 어른들과 함께한 추억이 있나요?

③ 나는 어떤 부자인가요? (예-이야기 부자, 할머니*할아버지 부자 등)

# 30. 나는야 이야기 부자, 이야기 나와라 뚝딱

사람의 말하기 능력은 타고난 것도 있지만 자라가는 환경의 영향을 많이 받는다. 양육자가 아이와 지속적으로 말을 주고받으면 아이의 언어능력은 향상된다. 참 감사하게도 어릴 때 나의 이야기를 들어주는 사람들이 있었다. 그중에서 어른과 대화하는 시간이 길었다.

나는 말이 조금 많은 편이었다. 실제 일어난 일이든, 상상하는 이야기든 어떤 주제로든 대화를 나눌 준비가 되어 있었다. 그래서인지 대화하는 것을 즐겼다.

점점 나이가 들고 시간이 흐르니, 상상하는 이야기보다는 경험을 주로 나누게 되었다. 오랜만에 만나는 지인들과 주로 요즘은 어떻게 지내는지, 근황에 대해 나눈다. 끝없이 이어지는 이야기에 한바탕 웃음 소동이 일어나기도 한다. 속 알맹이가 있는 이야기도 하지만, 그냥 농담하는 말을 나누기도 한다. 물론 상대방이 기분 나빠하지 않을 정도의 농담!

정말 감사한 것은 어린 시절에 어른들과 함께한 시간이 많아서

인지 넉살이 좋다. 친한 사람들 앞에서는 재치 있는 말이 잘 나온다. 상대방의 반응을 예측하고 하는 말이 아니라 일상적으로 쓰는 말인 것이다. 우리 집에서는 가족 모두 편한 분위기에서 서로 웃기려고 하기 때문에 익숙하다. 덕분에 다른 사람들에게도 웃음이 전해진다.

요즘은 정말 어릴 때보다 쑥스러워하고, 처음 보는 사람 앞에서는 낯을 가려서 어색함이 묻어 나오기도 한다. 그래도 어떤 연령이든 말을 붙일 수 있다. 어린 시절에 다양한 연령의 사람들을 만나며 대화를 나눠 본 경험이 많은 덕분이다.

동네에서 마주치는 사람마다 인사를 하고 다녔기 때문에, 사람들과 이야기를 나눌 수 있는 기회가 있었다. 그래서 참 다양한 이야기를 나누게 되었다. 그중에서 이발소 주인아저씨와 아주머니가 생각난다. '수다쟁이인 나와 대화를 하시느라 얼마나 힘드셨을까'하며 조심스레 웃는다.

부자. 무언가가 많은 사람을 의미한다. 나는 이야기 부자라고 당당하게 말할 수 있다. 어린 시절에는 하고 싶은 말이 어찌나 많았는지, 낮부터 밤이 될 때까지 지치지 않고 말할 수 있는 정도였다. 그래서 그 덕분에 동네 어른들과 잘 어울릴 수 있었다. 말동무가 필요하셨던 어르신들. 재잘재잘 이야기 하는 나의 모습이 참새처럼 보였는지, 나를 무척 예뻐하셨다.

어린 시절의 에피소드가 많다. 더운 여름, 집에는 에어컨이 없어서 무작정 이발소에 들어갔다. 익숙한 듯 주인 아저씨와 아주머니는 아무렇지 않게 나를 잘 대해주셨다. 정육점 주인아저씨 딸보다 아저씨와 친분이 있는 나. 또래보다 오히려 어른과 대화하는 것을 즐겼던 나는 수다쟁이가 되었다. 나의 어린 시절의 추억이 많이 담겨 있는 동네를 떠올리다보면 뭔가 마음이 따뜻해진다. 그래서 다른 동네로 이사를 간 후에도 옛날에 살던 동네를 찾아간다. 살 때마다 곳곳에 있는 가게에 들어가서 늘 그랬듯이 주인아저씨와 아주머니께 인사를 드린다. 다른 지역으로 이사를 간 지 어엿 14~15년째, 가게가 하나 둘씩 사라지고 있다. 아쉬운 마음이 크지만, 그래도 내 마음 한 켠에는 언제나 남아 있다.

과거의 소중한 경험을 추억할 수 있음에, 기억하는 나날이 많음에, 어린 시절에 많은 사람에게 골고루 사랑을 받을 수 있었음에, 다양한 사람들과 이야기를 나눌 수 있음에, 두루두루 잘 어울리는 어린 시절이었음에 정말 감사하다.

① 사람들과 이야기를 잘 나누는 편인가요? 처음 보는 사람과도 이야기를 나눌 수 있나요?

② 어린 시절에 동네 사람들과 함께한 추억이 있나요?

# 31. 멀리서 봐도 나는 우리 엄마 아빠 딸

유전자의 힘은 엄청나다. 자라나는 환경까지! 아이들은 어렸을 때부터 관찰 능력이 뛰어나다. 주변 사람들이 어떻게 행동하는지 관찰하고 잘 따라한다. 그래서 우리는 항상 아이 앞에서 말과 행동을 조심해야 한다.

'오지랖이 넓다'

무슨 일이든 참견하고 간섭하는 사람을 이르는 말이다.

오지랖이 넓은 사람을 생각하면 문득 떠오르는 한 사람이 있다. 그 사람은 바로 아빠다. 외향적인 아빠는 등산을 하실 때 만나는 사람들에게 스스럼없이 말을 거실 수 있다. 정말 대단한 것은 처음 보는 사람과도 함께 음식을 나눠 먹을 수 있다는 점이다. 어느 쪽이 좋은 경치를 볼 수 있는 곳인지 좋은 정보를 알려주실 때도 있다.

아빠는 다른 사람을 도와주는 것을 좋아하신다. 사람들이 도움을 받는 부분에 대해 괜찮다고 표현해도 마음이 불편하신지 끝까지 도와주려고 하신다. 어릴 때부터 자립심을 기르며 자라온 나는 아빠의 도움 없이 스스로 해내고 싶은 것이 있다. 그렇게 자라왔으니까. 그래서일까? 스스로 해내고 싶은 나와 도움을 주고 싶은 아빠의 사이에 부딪히는 부분이 있다.

엄마는 한 번 판 동굴을 보물이 나올 때까지 끝까지 파신다. 끈기와 도전 능력이 매우 뛰어나시다. 목표를 세우시면 그것을 이루기 위해 끊임없이 노력하신다.

부모님 두 분의 공통점이 있다. 장난기가 있다는 점! 사람들과 대화를 나눌 때 능글 맞고, 재치 있는 언변 능력을 갖고 계신다.

나는 부모님의 장점을 닮았다. 완전 똑같은 것은 아니지만, 필요한 정도만 닮았다고 생각한다. 다른 사람이 도움을 필요로 할 때, 도움이 필요해 보일 때 눈치 있게 손을 내민다. 그리고 한 번 설정한 목표를 이루기 위해 끊임없이 노력한다. '안 되면 되게 하라'라는 정신보다는, '나와의 약속을 끝까지 지켜보자'의 의미가 더 가깝다. 우리 가족은 대체적으로 장난기가 있어서 대화를 하다보면 한바탕 웃게 된다. 부모님을 닮아서일까? 사람들과 이야기를 나눌 때 의도하지는 않지만 나름 재치 있다는 말을 듣는 편이다.

부모님의 장점을 닮을 수 있음에 감사하다. 그리고 장점을 바라보고 닮아갈 수 있음에 감사하다. 사람은 좋은 모습을 닮기도 하지만, 닮지 않아도 되는 모습을 더 먼저 닮아간다. 사람이 외국에서 말을 배울 때 좋은 말보다 나쁜 말을 더 먼저 습득하는 것처럼 말이다. 물론 엄마, 아빠의 모습 중에서 닮지 않아도 되는 부분을 닮기도 하였다. 점점 시간이 지나고 나니 안 좋은 모습보다 좋은 모습을 더 바라봐야겠다는 생각이 들었다. 그 이후로 부모님의 보완점보다는 장점에 집중할 수 있게 되었다. 가정에서부터 시작하니, 주변에 있는 사람들에까지 영향을 주었다. 사람들의 보완점보다 장점을 바라보는 게 더 익숙해졌다. 때로는 나와 맞지 않은 모습에 마음이 상할 때도 있지만, 그럼에도 감사한 것은 상대방의 장점을 찾는 과정에서 마음이 풀릴 때가 있다는 점이다. 멀리서 봐도 엄마 아빠 딸인 나. 좋은 모습을 닮아갈 수 있음에 감사하다.

① 양육자와 닮은 부분이 있나요?

② 나의 습관 중, 양육자를 닮은 좋은 점과 보완하고 싶은 점이 있나요? 무엇인가요?

# 32. 노래로 전하는 아름다움

큰 목소리를 가지고 태어난 나는 어렸을 때 아주 시끄러운 편이었다. 얼마나 시끄러울 정도인지, 엄마는 나에게 나중에 그 목소리를 활용하지 않기만 해 보라고 푸념을 내시기도 하셨다. 결국, 나는 엄마의 약간의 바람처럼 기독교 방송 어린이 합창단에 입단하게 되었다. 그 이후로 약 2년간 전국 교회나 기관들을 방문하며 공연을 하며 섬겼다. 많은 사람 앞에서 노래를 부르는 일을 한 나는 누군가의 앞에서 노래를 부르는 게 익숙해졌고 공연하는 우리를 바라보는 눈빛이 좋았다. 반달 같은 미소가 한가득이었다. 어린아이들이 앞에서 찬양을 하는데, 얼마나 천사 같았을까? 합창단을 졸업한 이후에 후배들의 공연을 보게 되었는데, 당시에 마음이 몽글몽글해지면서 따뜻해지는 것을 느꼈다. 공연을 바라보는 사람들이 이런 마음이었겠구나 하는 생각이 들었다.

합창단을 졸업한 이후에도 나의 찬양은 계속되었다. 중학생 때는 교회 청소년부서에서 찬양팀으로 섬겼다. 나는 찬양하는 것이 좋았다. 노래 부르는 것 자체가 좋았고, 나중에 어른이 되면 많은 사람의 마음을 울리는 그런 노래를 만들겠노라 다짐하였다.

어렸을 때는 다른 사람들 앞에서 무언가를 하는 것에 대해 쑥스러움을 느끼지 않았다. 오히려 당당했다. 그러나 나이가 점점 들고 나니 쑥스러움이 생기기 시작하였다. 전도사님과 교회 선생님께서 찬양팀 인도를 해보지 않겠냐고 제안을 하셨지만, 매번 거절하였다. 다른 누군가의 시선을 받는 게 부담스럽게 느껴졌고 무엇보다 내가 잘할 수 있을지, 실수에 대한 두려움이 있었기 때문이다.

고등학생이 되고, 나는 기독교 대안학교를 입학하였다. 그곳은 기독교 대안학교인 만큼 수업에 예배를 드리는 시간이 있었다. 나는 학교에서도 찬양팀을 하였다. 그곳에서도 찬양팀 인도자 자리를 제안하셨지만 부담스러운 마음에 거절하였다. 그런데 어느 날부터인가 학교 시스템에 문제가 생겨서 학생들과 선생님들이 하나둘씩 나가기 시작하였다. 결국 찬양팀 리더로 섬겼던 학생도 나가게 되었다. 어쩔 수 없이 찬양팀 리더를 담당하게 된 나는, 이것은 분명 신이 주신 기회라는 생각이 들어 감사함으로 받아들였다. 어른들(교사, 학부모) 앞에서, 학생들 앞에서 찬양팀을 인도하며 예배를 섬겼다. 학교에서 훈련을 꾸준히 받았을 때쯤, 교회 청소년부 전도사님께서 한번 더 대예배 때 찬양팀을 인도해 보는 게 어떻겠냐고 제안하셨다. 꼬리가 잡힐랑말랑 빠르게 도망다니던 시절과 다르게, 나에게 주신 제안이 훈련의 과정이라는 생각이 들어서 도전해보겠다고 긍정적으로 답변을 드렸다. 많은 사람 앞에서 찬양팀을 인도하는 게 정말 떨렸지만, 그래도 이전보다 성장하고 해냈다는 점에 의의를 두었다. 신은 사람의 마음의 중심을 보시니까. 그렇게 나는 정말 많은 사람이 모이는 대예배 찬양팀을 인도하는 경험을 하였고, 하나씩 도전하며 점점 담대함을 얻었다.

사람들은 내가 찬양을 할 때마다 감동을 받는다고 한다. 어쩜 그리 목소리가 청아하고 예쁘냐며 칭찬을 한가득 해주신다. 평소 나의 목소리는 중저음이다. 어렸을 때는 낮은 목소리에 대해 여자 같지 않다며 불만을 토로할 때가 있었지만, 시간이 조금 흐르고 나니 진정성이 있는 차분한 목소리처럼 느껴져서 점점 마음에 들었다. 평소에 내가 이야기 할 때의 목소리만 듣던 사람들은 내가 노래하는 모습을 보면 매우 놀라기도 한다. 노래할 때는 약간 상반된 목소리가 나오기 때문이다(맑고 청아한 소리가 난다).

많은 사람들이 나의 목소리를 좋아해줘서 참 고맙다. 그리고 내가 노래를 부름으로써 감동을 받으신다는 점도 감사하다. 무엇보다 이런 목소리를 선물해 주신 신께 가장 감사하다. 나의 꿈은 달라지지 않았다. 사람들에게 울림을 주는 노래를 만들고 부르고 싶은 꿈. 하나는 이루었다. 고등학생 때 아빠에 대한 마음을 담은 노래를 발매하였다. 감사한 기회로 교회 예배 시작 전 사람들 앞에서 부르게 되었다. 노래를 부르면서 사람들의 모습을 보았다.

노래를 부르면 부를수록 눈물을 흘리시는 분들이 많았다. '나의 진심이 전해졌구나'라는 생각이 들었다. 달란트를 이 세상에 살아 있는 동안 긍정적으로 잘 활용해야겠다는 다짐을 하며 노래하며 행복해하는 나의 모습을 떠올려본다.

① 나의 달란트를 무엇인가요?

② 현재 달란트를 잘 활용하고 있나요? 아직 활용하고 있지 않다면, 어떻게 활용하고 싶나요?

③ 이 세상에 노래가 필요하다고 생각하나요? 어떤 장르의 음악을 좋아하나요?

# 33. 글로 전하는 진심

## - 때로는 말로 전하지 못하는 것을 글로 전할 수 있다

고등학생 시절, 한 선생님께서 나에 대한 오해를 하셨다. 정확히 어떤 일이었는지 기억이 잘 나지는 않지만, 내가 억울함을 느꼈던 기억이 난다. 선생님과 대화를 시도했지만 통하지 않았다. 오히려 선생님께서 나에게 세게 말씀하셨다. 이대로는 대화로 풀지 못할 것 같다는 결론을 내리고 선생님께 편지를 쓰기 시작하였다. 선생님께서 나에 대해 오해하신 것을 풀고 싶었다.

누군가에게 마음을 전하는 글을 쓸 때는 기분이 나쁠 만한 내용을 적나라하게 드러내면 안 된다. 그렇게 하면 오히려 글의 장점을 방해할 수 있게 되며, 상대방의 기분이 더 안 좋아질 것이다. 최대한 부드럽고 확실하게 전달하고자 하는 마음을 확실히 담아야 한다. 나름 글쓰기에 자신이 있던 나는 선생님께 드리고 싶은 이야기를 썼다.

얼마나 적었을까. A4 용지 한 페이지가 빽빽하게 채워졌다. 다행히 선생님은 편지를 받으셔서 읽으셨고, 나의 마음이 닿았는지 그동안 오해해서 미안하다며 사과를 하셨다.

때로는 말보다 글이 더 효과적일 때가 있다. 서로 감정이 앞서 나가려고 할 때는 말보다 글로 전하는 게 훨씬 효과적이다. 감정적으로 이야기를 하다 보면 오히려 상황을 안 좋은 쪽으로 흐르게 할 수 있기 때문이다.

언제부터 편지를 썼나 생각해 보니, 어렸을 때 엄마 아빠한테 크게 혼나고 나서 억울함을 글로 표현했던 것 같다. 나의 진심은 그게 아니라면서 말이다. 방 청소를 하다가 가끔 어릴 때 억울함을 토로한(드러낸) 편지가 발견되기도 하는데, 조금 더 큰 나의 입장에서 바라보면 꽤 수치스럽게 느껴질 때가 있다. 그때는 나름 글을 써보겠다며 끄적였을 텐데, 지금 시점에서 보면 중구난방하게 느껴질 때가 있기 때문이다. 그리고 누가 편지를 이런 식으로 쓰냐며 과거의 나에게 핀잔을 주기도 한다. 그래도 나름 어렸을 때는 이성적으로 마음을 전달하고 싶은 마음에 썼겠지? 그리고 꽤 부모님께 글로 전달하는 게 효과적이었던 것으로 기억된다. 억울하거나 슬픈 감정이 휘몰아칠 때는 부모님 앞에서 말로 후두둑 털어놓기도 전에 눈물부터 났으니 말이다.

요즘은 말하는 것보다 글쓰는 것을 좋아한다. 글을 꾸준히, 많이 쓰다 보니 말보다 글이 더 편해졌다. 무엇보다 인간관계에서 사람과의 갈등이 있을 때도 전화보다는 글을 선호하는 편이다. 전화나 직접 만나서 말을 하다 보면 내 감정에 휘둘릴 때가 있는데, 그러면 하고 싶은 말을 잘 못할 때가 있기 때문이다. 그리고 말로 하면 때로는 화난 감정이 묻어 나올 수 있는데, 글은 객관적으로 보이는 부분이 많기 때문에 그런 쪽에서는 긍정적으로 작용할 것이라는 생각이 들었다. 사람마다 이에 대한 관점이 다르지만, 나는 오히려 갈등이 있을 때 글로 써서 전달하는 것을 선호한다. 그게 더 숨겨져 있는 진심을 전할 수 있는 아주 좋은 방법이라고 생각하기 때문이다. 말로 자신의 마음을 잘 표현하지 못할 것 같은 사람들에게, 글로 진심을 전하는 방법을 추천한다.

① 사람과의 갈등에서 글로 전하는 것을 선호하나요, 직접 대화하는 것을 선호하나요?

② 누군가에게 편지를 쓴 적이 있나요? 언제가 마지막인가요?

## 34. 떨어져도 괜찮아, 다 이유가 있겠지

내 꿈을 향해, 목표를 이루기 위해 도전해보리라 다짐했던 그 시절. 나는 세상의 배움에 대한 갈망이 넘쳤다. 다니던 직장을 그만두고 꿈을 향해 달려 나가기 시작하였다. 시간이 지나고 보니 금전적인 부분이 걱정되었다. 어떤 일을 하며 금전적인 부분을 채울 수 있을지 고민하다가 그래도 의미 있는 경험을 하고 싶었다. 그렇게 카페 일을 하고 싶었던 대학생 시절을 떠올리게 되었고 카페에서 사람을 구하는 것을 발견하고 바로 지원하였다.

처음 지원한 곳은 프랜차이즈 카페다. 그것도 순환이 빠른 아주 유명한 카페! 면접을 볼 때 나는 운영자의 마인드를 본다. 대화를 하다 보면 어떤 사람인지 느껴진다. 운영자는 나를 면접 보고, 나는 운영자를 마인드를 보는 것이다. 처음에 뵌 사장님은 괜찮은 사람처럼 느껴졌다. 그러나 카페에 대한 경력이 하나도 없는 나와 이제 처음으로 카페를 운영하시는 사장님과 연결되지 않았다. 경력자를 뽑아서 안정감 있게 시작하고 싶은 사장님의 마음이 담겨 있었다. 그렇게 다른 카페에 알바를 지원하게 되었고, 나는 꽤 충격을 받았다.

2번째로 지원한 카페는 개인이 운영하는 곳이었다. 카페 주인의 우선적인 직업은 의사였다. 카페를 지원하는데 어떻게 경력을 하나도 안 쌓고 일을 하려고 올 수가 있냐며 이것은 회사에 대한 예의가 아니라고 호통을 치셨다. 정말 카페 일을 해보고 싶었으면 바리스타 학원이라도 등록하고 다녀보지 않았겠냐며 예의 없는 사람으로 낙인찍었다.

나는 사람마다 시작점이 다르다고 생각한다. 누군가는 아무 경력 없이 카페 일을 도전하기도 하고, 그 경험을 통해 바리스타 자격증을 딸 수도 있고, 카페를 운영할 수도 있다. 그런 사람을 봤으니까. 그런데 카페 사장님은 더 이상 볼 것도 없다며 나의 이력서를 내팽개치셨다. 그런 태도를 보이시고는 면접이 끝난 후에 내가 카페 밖을 나가든지 말든지 신경을 쓰지 않으셨다. 그야말로 찬밥 신세가 되었다. 그 순간 나는 카페 주인이 어른답지 못한 사람이라는 생각이 들었다. 동네 주민인 내가 카페를 갈 수도 있는 것이고, 마음에 들면 누군가에게 소개를 시켜줄 수도 있을 텐데 소중한 고객을 하나 잃은 것이다. 나는 그저 카페 알바 면접을 보러 갔을 뿐인데, 그날은 대차게 까였다고 해도 과언이 아니다. 너무 속상했던 나는 눈물을 똑똑 떨어뜨렸다. 분한 마음을 누르고 있는 나에게 엄마는 떨어지는 데에는 이유가 있을 거라고 말씀하셨다. 다시는 카페 알바 지원을 하지 않으리라 다짐했던 날, 시간이 흐르고 어느 날 나에게 카페 알바 제안이 들어왔다.

평소에 내가 자주 가는 카페가 있다. 같은 교회를 다니시는 프랜차이즈 카페를 운영하시는 사장님. 사장님은 나에게 한 달 동안 카페 일을 해보지 않겠냐며 제안하셨다. 한 달이면 짧게 느껴질 수도 있지만 카페 일을 배울 수 있는 아주 좋은 기회였다.

사장님께서 개인 사정으로 잠시 외국에 가시는 동안에 빈자리를 채워야 했다. 처음에는 모든 게 서툴렀다. 음료 제조하는 것부터 마감 청소까지 사장님 딸인 교회 언니가 도와주셨다. 마감 청소는 완벽하게 할 수 있지만, 음료 제조를 어려워하던 나는 제조 방법이 헷갈리고 실수할까 염려되어 겁을 먹을 때가 있었다. 천천히 하나씩 하고 싶지만 빨리 음료를 만들어야 하는 특성상, 고객들은 나를 기다려주지 않는다. 결국 내가 적응해야 하고 감당해야 하는 것이다. 이것 또한 이유가 있는 도전의 순간이라고 생각한다. 그래서 늘 감사함으로 이겨내야지, 살아가야지 다짐한다. 해보고 싶었던 일을 할 수 있는 기회를 주심에 감사하다.

① 지원을 했는데 떨어져 본 경험이 있나요?

② 하고 싶었던 일에 대한 기회를 마주한 적이 있나요?

# 35. 오히려 좋아

'오히려 좋아'

내가 가장 좋아하고 자주 하는 말이다.

이 말을 겉이나 속으로 외칠 때마다 신기하게도 상황이 긍정적으로 보인다.

3개월 전, 혼자서 영어 공부를 하겠다고 거금을 들여 온라인 강의를 결제하였다. 매일마다 강의를 들으면 환급을 할 수 있는 제도가 있는데 꾸준히 잘하다가 하루를 놓쳐 버렸다. 하루라도 인증하지 않으면 환급을 못 받는다. 즉, 돈을 돌려 받지 못한다는 것이다. 어쩌다가 한 번 인증을 못했을 때 조금, 아니 조금보다 많이 속상하였다. 12일 정도만 더 하면 환급을 받을 수 있었는데, 바빠서 챙기지 못한 탓에 하루를 놓쳐 버린 것이다. 그런데 아무리 슬퍼해도 상황은 달라지지 않는다. 지나간 일을 돌이킬 수 없다. 변화시킬 수 있는 것은 나의 생각뿐이다. 그래서 나의 돈은 좋은 곳에 헌금했다고 생각하자고 생각을 전환시켰다. '오히려 좋아'가 발휘된 것이다. 그 이후로 점점 마음이 편해졌다. 그렇게 마음의 방향을 긍정적으로 바꾸면 세상이 긍정적으로 보일 수 있다는 것을 다시 한번 깨달았다.

이성적인 엄마와 대화를 하다 보면 나도 모르게 현실적인 부분에 대해서 그냥 받아들여지게 된다. 어차피 지나간 과거는 돌이킬 수 없기 때문이다. 내가 나의 마음대로 바꿀 수 있는 것은 현재뿐이다. 현재를 변화시키면, 미래에 영향을 주게 되는 것이다.

'오히려 좋아' 마인드는 나를 '감사'로 이끌어주었다. 갑자기 약속이 취소되면, 나만의 시간을 더 가질 수 있음에 감사. 상대방이 약속 시간을 지키지 않고 늦어지면, 독서할 수 있는 시간이 늘어남에 감사. 일이 잘 풀리지 않을 때면, 분명 뭔가 배울 점이 있으리라 생각하게 만들었다. 결과적으로 부정적으로 생각하기보다 긍정적으로 생각함으로써 보다 삶을 더 아름답게 볼 수 있는 기술을 자연스럽게 알게 된 것이다.

'오히려 좋아'라고 생각할 수 있음에, 삶을 긍정적으로 바라보려고 노력할 수 있음에 감사하다.

① 예상하지 못한 어려운 순간을 마주했을 때, '오히려 좋아'라고 생각한 적이 있나요?

② 오늘 하루를 돌아봤을 때, '오히려 좋아'라고 생각할만한 것이 있나요?

# 36. 감사 일기,
# 살 수 있도록 도와주는 소중한 친구

감사 일기, 고등학생 때부터 제대로 쓰기 시작하였다. 처음에는 마냥 숙제처럼 느껴졌는데, 하면 할수록 득이 된다는 사실을 알게 된 순간부터 삶을 건강하게 살아갈 수 있는 하나의 방법이 되었다. 감사 일기를 쓰지 않는 것보다 쓰는 게 더 익숙해진 것이다.

고등학생 때 처음으로 감사 일기를 마주했을 때 내가 찾던 감사는 주로 물질적인 부분이었다. 그리고 꽤 영향을 주는 큰 것들만 적었다. 매일마다 감사 일기를 기록해야 해서 점점 쓸 말이 없어진다는 생각이 들었다. 손가락과 발가락이 제대로 있음에 감사, 숨을 쉴 수 있음에 감사. 이 세상에 감사한 것들이 얼마나 많은지에 대해 한탄을 하시던 교감 선생님의 말씀을 들은 이후에 하나씩 평소에 사소하게 생각했던 것들을 감사 일기에 써 내려가기 시작하였다.

1년 반 동안의 여정 가운데, 늘 감사 일기와 함께하였다. 습관이 형성되기까지 최소 21일이 필요하다고 하는데, 이미 훌쩍 넘어버린 것이다. 감사 일기를 쓰는 것보다 쓰지 않는 게 더 어색할 정도로 익숙해졌다.

나는 스트레스를 받으면 주로 글을 쓰거나 책을 읽음으로써 분노에 찬 마음을 가라앉힌다. 여기서 가장 효과적인 것은 감사 일기를 쓰는 것이다. 감사함을 느낄 수 없는 마음이 메마른 상태에서 감사함을 찾는다는 것은 생각보다 어려운 일이다. 그러나 감사함을 하나씩 찾기 시작하면, 부정적인 감정이 나도 모르는 사이에 긍정적인 모습으로 바뀌어가는 것을 알게 된다. 인간관계에서 부딪히면 거의 나는 상대방보다 회복력이 빨랐다. 그동안 어려움을 마주하면서 발견하게 된 나만의 건강한 스트레스 해소법이 있어서 금방 회복한다. 불편한 마음을 편안한 상태로 되돌릴 수 있음에 감사하다. 어떤 어려움을 겪어도 생각과 감정 정리를 바로 하고 그날 해야 할 일은 반드시 했으니까. 즉, 감정에 잘 휘둘리지 않는다는 뜻이다.

감사 일기를 쓰지 않았더라면, '감사'와 관련된 글을 쓰지 못했을 수도 있다고 말할 수 있을 정도로 나의 인생에 큰 영향을 주고 있다. 내가 만약 식물이라면, '감사 일기'는 영양제라고 할 수 있겠다.

감사 일기는 나의 숨구멍이다. 숨을 쉴 수 있도록 도와준다. 부정적인 것에 초점을 맞출수록 인생을 살아갈 이유를 찾지 못한다. 오히려 죽음과 가까워지도록 하는 최고의 방법이라고 생각한다. 그러나 감사 일기는 모든 것을 좋은 쪽으로 변화할 수 있도록 도와준다. 내 인생에서 가장 아픔을 겪은 그 순간에도 감사 일기 덕분에 살 수 있었다. 만약 감사 일기가 아니었더라면 진작에 나는 이 세상에 없을 수도 있었겠다고 혼자 생각하기도 한다.

이 세상에는 감사한 것들이 정말 많다. 어렸을 때 나는 다른 사람들과 비교하며 여러모로 가진 게 없는 사람인 줄 알았는데, 생각보다 누리고 있는 게 많다는 것을 발견한 순간부터 '감사합니다'를 입에 달고 살았다. 그리고 무엇보다 자신감과 자존감이 회복되었다. 다른 사람은 다른 사람이고, 나는 나인 것을 인정하자, 마음이 편해졌다. 애초에 태어나고 자라는 환경이 다른데, 어떻게 그들이 내가 될 수 있고 내가 그들이 될 수 있는지. 참 어리석은 생각도 했네 하며 살짝 웃기도 하였다.

내가 누리고 있는 것들에 감사함을 느낄 수 있음에, 부정적인 감정과 생각을 긍정적으로 변화시킬 수 있는 나만의 건강한 방법을 알고 있고 잘 활용할 수 있음에 감사하다.

① 스트레스를 받을 때 어떻게 푸나요? 나만의 스트레스 해소법을 생각해 보세요.

② 우리는 왜 '감사'해야 할까요? 평소에 감사를 하는 사람인가요?

# 37. 피, 땀, 눈물이 담긴 돈의 출처

어렸을 때 나는 용돈을 받으면 매우 기뻐했다. 갖고 싶은 것을 살 수 있으니까. 그런데 어느 날부터 부모님이 용돈을 주시면 왠지 모를 부담감을 느꼈다. 쓰면 안 될 것 같은 그런 마음. 어쩌면 그 속에 '미안함'이 숨어 있는 것은 아닐까?

돈이 땅을 파서 나오지 않을 만큼 값지다는 것을 본격적으로 돈을 벌게 된 순간부터 깨달았다. 온몸이 쑤셔보고 인간관계에서 스트레스를 많이 받으며 힘들게 버는 것이라는 것을 말이다.

나의 부모님 두 분은 어렸을 때 가난함이라는 어려움을 겪으며, 자수성가하신 분들이다. 얼마나 노력하셨을까 싶은 마음이 들 정도로 치열한 삶을 사셨다. 정말 피, 땀, 눈물이 담긴 돈. 그래서인지 늘 부모님이 대단해 보인다.

내가 직접 돈을 벌어보니, 그 돈을 쓰기에 너무 아깝다는 생각이 들었다. 힘들게 번 돈을 하루아침에 쓰려니 얼마나 고민되었을까. 그러다가 어렸을 때 부모님께서 주신 돈은 흥청망청 썼던 내 모습이 생각이 나서 조금은 부끄러운 마음이 들었다.

요즘은 갖고 싶은 게 생기거나 돈을 쓰고 싶을 때 돈을 벌기 위해 등골이 휘어진 부모님의 모습을 생각하고는 한다. 그렇게 하면 무언가를 사고 싶은 마음이 싹 사라진다.

돈을 잘 사용해야겠다는 생각이 든 순간부터 물건을 구매하기 전에 정말 나에게 꼭 필요한 것인지 여러 번 생각하는 좋은 습관이 생겼다. 돈을 버는 것뿐만 아니라 돈을 어떻게 사용하는지도 중요하다는 것을 깨달은 순간, 한 걸음 더 성장한 나의 모습을 발견하였다. 부모님에 대한 감사함과 돈을 잘 활용할 수 있도록 생각하는 마음을 갖게 해 주심에 감사하다.

① 돈을 잘 쓰는 편인가요, 아끼는 편인가요?

② 처음 돈을 벌어보고서 어떤 생각이 들었나요?

# 38. 양육자의 부재

무관심은 독이다.

양육자가 아이를 방치하는 것은 아이의 미래가 망하든 말든 신경을 쓰지 않겠다는 포고다.

사람은 영아기에 애착 형성을 한다. 가장 가까운 양육자와 애착 형성이 잘 되지 않더라도, 주로 함께하는 사람에게 애착형성이 잘 된다면 큰 무리는 없다. 그러나 아무와도 애착 형성이 잘 이루어지지 않는다면 불안정 애착으로 이어질 수밖에 없다. 불안정 애착은 우리가 이 세상에 살아가는 동안 많은 장애물을 지나갈 때 생각보다 큰 어려움을 준다.

어렸을 때 부모님은 맞벌이셔서 바쁘셨다. 그래서 친척들 집에서 있을 때가 꽤 있었다. 아침 일찍이나 저녁 늦게 엄마, 아빠를 볼 수 있었다. 그래도 정말 감사한 것은 늦은 밤에 만나도 따뜻하게 맞이해 주신 엄마 덕분에 나의 어린 시절을 잘 보낼 수 있었다. 간호사셨던 엄마는 퇴근하시자마자 반쯤 감긴 눈으로 책 한 권을 꼭 읽어주셨다. 나긋나긋한 목소리로 재미있게 읽어주시는 엄마에게 다른 책도 읽어달라며 늘 앵콜 요청을 아끼지 않았다. 그로 인해 엄마는 늘 책을 읽어주시다가 잠드셨다. 그 당시에 동화책은 엄마의 수면제이지 않았을까?

자기주장이 강한 아빠와 나. 그래서 우리 둘은 잘 부딪힌다. 어떻게든 딸의 고집을 꺾어보겠다는 아빠와, 절대 지지 않겠다는 조그마한 여자아이. 나는 나를 지키기 위해 아빠에게 으르렁대었다. 생각과 의견을 존중해 달라며 더 크게 혼나더라도 버텼다. 어렸을 때는 스트레스를 준 날들이지만, 지금 생각해 보면 차라리 무관심보다는 낫다는 생각이 들었다.

최근, 넷플릭스의 프로그램인 〈더 인플루언서〉를 보게 되었다. 사람들의 관심을 많이 받는 유명인들이 나오는 서바이벌 프로그램이다. 1 라운드에는 77명 중 40명 정도가 떨어져야 했다. 인플루언서들은 게임에서 살아남기 위해 열심히 좋아요와 싫어요를 눌러야 하는 첫 번째 미션을 수행하였다. 처음에 인플루언서들은 게임의 취지를 잘 파악하지 못하다가, 하나둘씩 알게 되자 싫어요라도 받기 위해 몸부림을 쳤다. 그렇게 게임의 결과는 좋아요와 싫어요 수를 합산해서 순위로 나뉘었다. 차라리 악플이라도 받으면 관심이라도 받는다고 생각하는 것이다.

옛날에 비해 요즘 들어 아동학대, 방치 살인 사건 등 아동과 관련된 끔찍한 일들이 많이 언급되고 있다. 어쩌면 과거에도 많았지만 대중에게 잘 알려지지 않았을 수도 있다. 아동을 신체적, 물리적으로 폭력하는 기사를 마주할 때 화가 났다. 그 중에서도 방임해서 사망한 아동들에 관련한 기사를 보면 마음이 너무 아프고 속상했다. 부모의 무관심이 아이의 죽음에 영향을 주었기 때문이다. 죽으면서까지 홀로 외로이 있었을 아이를 생각하니 속상한 마음이 들었다.

양육자의 부재는 아이에게 큰 영향을 준다. 아이가 처음으로 마주하는 작은 사회인 가정에서부터 인생을 살아가기 위한 방법을 배운다. 그런데 가정에서부터 보호나 보장을 받지 못하는 것보다 더 슬픈 일이 있을까? 어렸을 때 아빠와 큰소리가 날 때, 때로는 그냥 혼자 살고 싶다는 생각이 들었다. 스트레스를 받는 이, 차라리 고아가 되는 게 낫겠다고 생각하였다. 그런데 뉴스 기사를 통해 사건사고를 접하니 내가 그동안 감사해야 할 일을 찾기보다 오히려 부정적인 쪽으로 생각했다는 것을 깨달았다. 부모가 있음에, 관심을 주심에 감사함을 누려야 한다는 것을 잊은 상태로 말이다. 자그마한 소중한 나날들에 익숙해져서 그것을 잊고 살았던 것이다. 그렇게 다시 한 번 감사함으로 충전한다.

① 어렸을 때 양육자가 미웠던 적이 있나요? 이유는 무엇인가요?

② 가족에 대한 좋은 기억을 떠올려 보세요. 어떤 추억이 있나요?

# 39. 책과 친해질 수 있었던 이유

책을 꾸준히 읽는 나에게 많은 사람들이 묻는다.

"원래부터 책을 좋아했어?"

그렇지 않다. 책 읽는 게 싫어서 엄마로부터 도망 다니기 바빴으니까.

책과 친해질 수 있도록 많은 영향을 준 사람은 엄마다. 퇴근하신 후에 늦은 밤, 엄마는 나에게 늘 책 한 권을 기본으로 읽어 주셨다. 매일 밤마다 피곤함과 싸우며 우리에게 이야기를 들려주셨다.

방학 때는 엄마 손에 붙들려 도서관으로 발걸음을 향했다. 공부를 많이 하지 않아도 되니, 독서는 꼭 해야 한다며 귀에 딱지가 생기도록 독서의 중요성에 대해 열심히 말씀하셨다.

어렸을 때는 도서관에 가는 발걸음이 무거웠다. 더운 여름, 높은 오르막길을 오르는 것에 대한 귀찮음이 컸기 때문이다. 그리고 친하지 않은 책과 친구가 되어야 한다니, 나에게는 어려운 숙제였다. 처음에는 만화책으로 시작하였다. 그림이 많은 책부터 시작해서, 그 다음으로는 짧은 글의 책, 이후에는 긴 글의 책을 읽을 수 있게 되었다. 엄마의 이끌어주심 덕분에 이제는 자의적으로 독서를 한다. 늘 가방 속에 책 한 권을 들고 다니며, 자투리 시간에는 독서를 한다. 나는 그렇게 책과 친해질 수 있게 되었다.

우리 집에는 늘 책이 많았다. 좋아하는 책을 구입하여 읽고 자기만의 책장을 만들 정도로 독서를 사랑하시는 엄마 덕분이다. 영유아가 읽을 만한 동화책부터 성인이 읽을 수 있는 긴 글의 책까지. 참 다양한 책이 우리 집에 함께 살고 있다. 어디에서든지 손을 뻗으면 책이 닿을 수 있을 정도로 말이다.

책을 읽으면 자신의 생각을 자세하게 들여다볼 수 있는 시간을 가질 수 있다. 이러한 시간을 가지면 가질수록 삶의 의미를 찾을 수 있다. 그렇게 생각이 건강한 사람으로 변화되는 것이다. 나도 책 덕분에 정신적으로 많이 건강해졌고, 단단한 사람이 되어가고 있다. 엄마처럼 책을 점점 사랑하게 된 것이다.

청소년기에는 집에서는 책을 잘 읽지 않았다. 학교와 학원을 갔다가 집에 돌아오면 그냥 쉬고 싶었다. 해야 할 숙제도 많았으니까. 그래서 엄마는 내가 독서와 멀어졌다고 생각하셨다. 어느 날, 학교에서 다독상을 받아오자 엄마는 "너희 반 아이들은 책을 어지간히 안 읽나 보구나."라고 말씀하셨다. 집에서는 책을 읽지 않던 내가 학교에서는 많이 빌려서 읽었던 청소년 시절이다. 매일마다 학교 도서관에서 책을 빌려서, 쉬는 시간이 되면 틈틈이 독서를 하였다. 특히 추리 소설에 관심이 있어서, 시리즈별로 도장깨기를 하였다. 그 외에도 심리 관련 에세이, 소설 등 골고루 독서를 하였다.

예전에는 혼자 무언가를 하는 것을 좋아하지 않았다. 왠지 그냥 놀 사람이 없어서 혼자가 된 것 같은 기분이 들었기 때문이다. 그런데 점점 나이가 들고, 시간이 흐르니 혼자 있는 시간도 필요하다는 것을 알게 되었다. 그리고 요즘은 혼자 하는 것도 좋아한다. 혼자만의 시간을 가지며 독서하고, 기록하고, 영화를 보기도 하고, 카페를 가기도 한다. 그렇게 나는 점점 주변 사람들의 눈치를 보지 않고, 도전하고 싶은 것을 해보는 건강한 사람이 되었다.

정신이 건강해질 수 있었던 것 중 가장 효과적인 방법은 '독서'라고 생각한다. 스트레스를 긍정적으로 해소할 수 있도록 도와주는 방법이다. 독서를 즐길 수 있음에, 누군가에게 좋은 글을 많이 해줄 수 있음에 감사하다. 엄마에 의해 책을 가까이 하고, 책과 더 친해질 수 있는 좋은 환경에서 살아가고 있어서 감사하다.

① 책 읽는 것을 좋아하나요? 그렇다면(그렇지 않다면) 이유는 무엇인가요?

② 사람들에게 추천하고 싶은 책이 있나요? 무엇인가요?

③ 어렸을 때, 책에 대해 어떻게 생각하였나요?

# 40. 공감은 변화의 첫 시작, 공감이 주는 것들

'공감'

남의 감정, 의견, 주장에 대하여 자기도 그렇다고 느끼는 것을 의미한다.

사람은 '공감'으로 연결된다.

감정형이든 이성형이든, 상대방의 이야기를 들어주고 '공감'함으로써 관계가 이어진다.

어린 시절, 이성적인 엄마에게 다른 사람들처럼 내 말이 공감해 달라며 서운함을 표현한 적이 있다. "다른 사람은 나보고 잘한다고 칭찬해 주는데, 왜 엄마는 안 해주냐고요! 다른 사람들의 칭찬보다, 엄마한테 칭찬을 듣고 싶단 말이야!"라고 소리치며 방문을 크게 쾅 닫고 나갔던 어린 시절. 누가 그렇게 문을 크게 닫으라고 가르쳤냐는 한 마디에 "내가 아니라 바람이 그랬어!"라며 핑계를 댔던 그 시절. 공감은 곧 관심, 관심은 곧 사랑이라고 생각했던 나에게 엄마의 이성적인 답변은 때로는 상처가 되기도 하였다. 그런데 나중에 시간이 지나고 보니 나의 생각이 틀렸다는 것을 알게 되었다. 이성적인 대답도 관심이고, 사랑이었다는 것을 말이다.

요즘 사람들은 옛날 사람들에 비해 심리에 관심이 많아 보인다. 예전에는 힘들어도 다 이렇게 사는 거라며, 자기 자신에게 합리화를 했던 시기였을지도 모른다. 요즘은 조금이라도 표현을 해볼 수 있는 시대라고 생각한다. 힘들면 모르는 누군가에게도 털어놓을 수 있는 방법도 있으니 말이다.

공감은 사람을 살린다. 네 잘못이 아니라고, 네 탓이 아니라며 어깨를 두드리면 왠지 모르게 다시 이 세상이 따뜻해져보이고 살아갈 수 있을 것만 같은 느낌이 든다. 사람에게서 듣는 공감과 위로가 아니더라도, 책과 다른 좋은 글에서도 공감을 받기도 한다.

나는 책을 통해 세상을 살아갈 수 있는 힘을 얻는다. 참 신기하게도 나에게 꼭 필요한 이야기가 책에 담겨 있다. 책을 읽음으로써 깨달음을 얻는 것이다. 할 수 없다고 생각한 부분을 할 수 있다고 마음 다짐을 할 수 있도록 도와주는 책이 있다. 그리고 내가 위안을 받은 것처럼, 다른 사람에게 힘을 줄 수 있도록 용기를 심어주기도 한다.

공감은 변화의 첫걸음이다. 정말 피폐하게 사는 것 같은 어두움에 휩싸여 있을 때는, 우리가 흔히 말하는 감정이 느껴지지 않는 공감마저도 듣고 싶을 것이다. 왠지 모를 따스함이 묻어 나오는 것처럼 느끼면서 말이다. 그만큼 누군가의 말에 동의하고 인정하고 들어주는 것은 중요하다. 나의 삶을 돌아보며 어떻게 살아야 할지를 깨달을 때가 있고, 다른 사람과 이야기를 나누며 또 다른 배움을 얻는다.

① 공감을 받은 적이 있나요? 가장 기억에 남는 일은 언제인가요?

② 누군가에게 공감과 위로를 해준 적이 있나요? 언제인가요?

# 41. 가정에서의 위치, K 장녀의 이야기

우리는 어디에서든지 직급이 있다. 회사, 교회, 가정까지도. 나는 집에서 장녀다.

정이 많은 어른들의 손길을 닿으며 자라서인지, 나는 정이 많다. 그리고 무엇보다 가족을 중요하게 생각한다. 가족과 관련 없는 슬픈 일이 있을 때는 잘 울지 않지만, 가족과 관련된 이야기면 참 신기하게도 누가 눈물 버튼을 누른 것처럼 눈가가 촉촉해진다. 어렸을 때부터 가족과 나누는 게 일상이었던 나는, 나눔을 하는 게 익숙하였다. 내 용돈의 절반 이상을 동생의 간식을 구매할 때 사용하였다. 그리고 용돈을 조금씩 모아서 명품은 아니지만, 우리 가족에게 꼭 필요한 선물을 해주었다. 아이브로우가 떨어졌을 때 기억하였다가 엄마에게 선물해 드리고, 속옷이 찢어진 아빠를 생각하며 속옷을 사드리고, 맛있는 음식을 먹고 싶어 하는 동생에게 학교에서 집으로 돌아올 때 먹을거리를 하나씩은 꼭 사들고 왔다. 오빠를 빼면 안 되니, 오빠의 몫도 챙겼다.

어린 시절, 엄마가 없을 때 내가 엄마의 역할을 해야 했다. 어렸을 때부터 집안일을 배울 수 있음에 감사하다. 습관이 되어서 집안일이 익숙하다. 중학생 때는 집에 돌아오면 빨랫감을 가지고 손빨래를 하기 시작하였다. 세탁기에 그냥 돌리면 옷감이 빨리 망가진다는 엄마의 말씀을 귀담아들은 것이다. 얼마나 손빨래를 했는지, 그 어린 나이에 주부 습진에 걸리고 말았다. 어느 집은 엄마가 빨래를 해준다는데, 이미 물이 손에 많이 닿아서 쭈글쭈글해진 엄마에게 빨래를 해달라고 말할 수 없었다. 그게 딸로서 최선이었다.

나는 우리 집 막내에 비해 애교가 조금 있는 편이다. 직접적인 애교보다도 뭔가 졸졸 잘 따라다니며 사랑받는 그런 사람. 나는 아직까지도 엄마를 잘 따라다닌다. 예전에 비해서는 조금 덜하지만, 이만하면 잘 따르는 편이라고 생각한다.

나는 아들 같은 딸이다. 여자가 남자로 될 수는 없지만, 그만큼 집에서 든든함을 맡고 있다. 무거운 짐을 들고 나르기도 하고, 도움이 필요할 때 언제나 어디에서나 나타난다. 특히 잃어버린 물건을 찾을 때나 기술적인 도움이 필요할 때. 어느 집 장녀이든 이런 역할을 하지 않을까 싶다.

때로는 내가 잘하고 있는지 의문이 들 때가 있다. 다른 집 딸들은 부모에게 어떻게 하고 사는지 볼 수 없기 때문이다. 그리고 어떤 양육자 밑에서 자라는지에 따라 다르다. 대체적으로 우리 집은 사람을 조금 강하게 키운다. 스스로 할 수 있는 것은 도전할 수 있게 기회를 준다. 넘어져도 괜찮다고 다시 툭툭 털고 일어나면 된다고 한다. 이런 환경 덕분에 가정에서도 든든한 역할을 맡고 있다고 생각한다.

나이가 점점 드니 욕심이 없어진다. 뭔가 갖고 싶은 그런 욕심. 가족에게 잘 나누는 편인 나에게는 욕심이라는 단어가 멀게 느껴진다. 배우고자 하는 욕심, 일할 때 열심히 돈을 벌겠다는 욕심은 있다. 이것 또한 가정에서, 양육자의 영향이 크다고 생각한다.

인생을 살아가면서 한 가정에서의 딸로서 내가 잘하고 있나 의심이 들 때가 있었는데, 나의 이야기를 기록하다 보니 그래도 잘 살고 있다는 것을 깨달았다. 이만하면 다행이구나 하면서 말이다. 재산 상속*돈 관련해서 같은 핏줄과 싸울 정도로의 돈 욕심이 없는 편이라서 다행이라는 생각이 들었다. 그리고 어렸을 때부터 혼자 할 수 있는 부분을 인지하고 도전할 수 있는 환경에서 살아갈 수 있음에 감사하다. 그리고 부모님이 생각하시기에 내가 든든한 딸이라서 다행이다. 어떤 날에는 그것이 부담으로 다가올 때가 있는데, 그래도 누군가에게 도움이 되고 있으니 그것만으로도 감사하다고 생각한다.

① 가정에서 나의 위치는 무엇인가요?

② 내가 있는 자리에서 잘 살고 있다고 생각하나요? 감사한 점 3가지를 찾아보세요.

## 42. 되돌아오는 것을 바라지 않는 하얀 마음

"엄마, 나는 이만큼 해주는데, 걔는 그렇게 안 해주더라?"

과거에 다른 사람에게 사랑과 관심을 주는데, 되려 그것을 받지 못하자 속상해하던 나는 엄마 앞에서 툴툴댔다. 나의 이야기를 묵묵히 듣고 계시던 엄마는 이렇게 말씀하셨다.

"너는 다른 사람을 대할 때, 무언가를 받기를 바라고 하는 거야?"
"상대방이 네가 해준 만큼 하기를 바라는 거야? 그럴 거면 왜 해줘?"

역시 MBTI, T다운 답변이다. (이성적인 사람)

대가를 바라고 그것에 충족하지 않는 태도가 돌아오면 상처받는 사람은 결국 나다. 상대방은 모른다. 나의 마음 상태가 어떤지 관심도 없다. 오히려 조금 속상하다고 말하면 괜히 나만 이상한 사람이 될 것 같아서 그렇게 잠자코 혼자 생각만 하였다.

"대가를 바라지 말고 해 봐. 하나님도 우리를 사랑하시는 게 무언가를 바라고 하시는 게 아니라, 그것 자체로 의미가 있는 거니까. 너에게로부터 떠나간 그것은 그것대로 끝인 거야. 그리고 상대방에게서 그만큼이 돌아올지는 예상할 수 없지만, 다른 부분에서 네가 충만함을 얻을 거야."

나는 엄마의 말씀을 새겨 들었다. 그날 이후로 마음을 비우기로 다짐하였다. 마치 엄마가 아이를 돌볼 때 희생하듯이, 그런 마음으로 다른 누군가에게 나눠주기로 한 것이다.

처음에는 공감보다 해결책을 제시하시는 엄마의 말씀이 의아했다. 그런데 살아보니 그게 어떤 의미인지 깨닫게 되었다. 정말 대가를 바라지 않아도 나의 마음은 기쁨으로 충전되어 있었다. 그리고 이것은 나중에 알게 된 것인데, 고마움을 표현하지 않는 사람도 내가 생각한 것보다 더 크게 고마운 마음을 느끼고 있었다는 것이다. 상대방은 그것을 알아주지 않는다고 생각했는데, 나의 짐작이 틀렸다는 것을 깨달았다.

요즘은 교회 유치부를 섬기고 있다. 누군가 나에게 돈을 주지 않지만 그럼에도 소중한 시간을 들여 아이들을 만나러 가는 이유는, 그들의 미래가 기대되기 때문이다. 그리고 무엇보다 순수한

영혼들을 만나면, 나의 마음도 흰색처럼 깨끗해지는 느낌이 든다. 결국, 다른 누군가를 위해 한 일이 나에게 기쁨으로 돌아오는 것이다.

고등학생 시절, 학교 후배들을 정말 예뻐하였다. 초, 중학생인 아이들을 만날 때마다 사랑을 가득 나눠주었다. 그게 열매를 맺은 걸까? 아직까지도 연락이 닿는 아이가 있다. 학교 다닐 때 많이 예뻐해 주고 챙겨줘서 고맙다며 4살 위인 나를 참 좋아해 준다. 나는 그냥 별 의도 없이 주고 싶은 사랑을 흘려보낸 것인데, 그 아이는 그게 고마웠나 보다.

되돌아오는 것을 바라지 않는 하얀 마음은 뒤에도 깨끗하다. 돈이나 권력에 욕심이 생겨 의도하였더라면, 흰색 같은 편안한 마음을 느낄 수 없겠지? 참 다행인 것은 하루라도 어렸을 때 이러한 깨달음을 얻었다는 것이다. 양육자에 의해 보고 배우는 게 많은 덕분에, 건강한 어른으로 성장할 수 있다고 생각한다.

① 대가를 바라지 않고 선행을 실천한 경험이 있나요?

② 누군가에게 베풂을 실천했을 때, 나의 마음은 어땠나요?

# 43. 옛날에는 이웃이 서로 돕고 살았지

아파트가 많이 들어서면서, 옛날의 이웃 간의 정겨운 모습을 보기 드물어졌다. 떡 하나도 나눠 먹었던 그 시절, 때로는 과거에 이웃 간에 정을 나눴던 때가 그립기도 하다.

어린 시절에 나는 강아지, 고양이 등 동물을 아주 좋아하였다. 그런데 어느 순간부터 강아지에 대한 트라우마가 생겼다. 6살 때쯤이었을까. 길에 주인 없는 강아지 한 마리가 돌아다니는 모습을 발견하였다. 꼭 주인을 찾아주겠다는 마음에 다른 집의 벨을 열심히 누르고 다녔다.

"딩동~"

"네 누구세요?"

"혹시 강아지 키우시나요? 강아지를 잃어버리셨나요?"

"아니요. 안 키우는데요."

"네 알겠습니다."

10분, 20분, 점점 시간이 흘렀다. 학원에 가야 했던 나는 마음이 조급해지기 시작하였다. 온 아파트를 헤집고 다녔는데도 주인이 나타나지 않자, 경비실에 강아지를 데리고 갔다. 경비 아저씨는 귀찮은 듯이 강아지를 데리고 가라고 하였다.

학원 차량이 도착하였다. 나는 어쩔 수 없이 차에 타야만 했다. 강아지를 내려놓자 갑자기 크게 짖기 시작하였다. 한껏 겁을 먹은 나는 황급히 문을 닫았다. 식은땀이 나기 시작하였다. 그리고 주인을 찾아주지 못했다는 이유로 미안한 마음이 들었다.

영어 학원에서 해야 할 일을 다한 후에 나는 다시 학원 차를 타고 집으로 향하였다. 차에서 내리려고 하니, 강아지는 나를 기다렸다는 듯이 제자리에 있었다. 나를 발견한 강아지는 갑자기 꼬리를 흔들기 시작하였다. 어떻게 하면 집으로 안전하게 바로 갈 수 있을지, 사실 조금 무서웠다. 학원 차에서 내렸고, 마음을 다짐하고 집으로 발걸음을 향하였다. 순하다고 생각했던 강아지가 갑자기 내 옷을 물었다. 잔뜩 겁을 먹은 나는 하얗게 질려버렸다.

"으악!!! 저리 가!! 무섭단 말이야!!!"

팔, 다리가 물릴까 무서워 열심히 발버둥을 쳤다.

"살려주세요!!"

울면서 다른 사람들의 도움을 요청하였다. 그때 갑자기 옆 동에 사시던 아주머니께서 빠르게 뛰어오시며 가방을 휘두르셨다. 가방에 맞은 강아지가 안타까운 마음도 들었지만, 이때다 싶어 얼른 도망쳤다. 잔뜩 긴장을 하다가 갑자기 긴장이 풀린 나는 엉엉 울며 집으로 들어갔다. 아주머니 덕분에 무사히 집에 도착할 수 있었다.

또 어떤 날에는 낯선 사람들에게 납치를 당할 뻔한 적도 있다. 트럭을 몰고 동네 입구에 멈춰 선 아저씨들. 갑자기 창문을 열더니 맛있는 게 있으니 이리로 오라고 한다. 유괴예방 교육을 착실하게 잘 받았던 나는 언제든지 위험상황을 겪을 수 있다는 경각심을 가지고 있었다. 과자를 던져 주는 것도 아니고, 꼭 아저씨들이 있는 쪽으로 와야 한다는 말에 나는 이렇게 말하였다.

"간식이 먹고 싶으면, 엄마 아빠한테 사달라고 하면 돼요!"
"한 번만 더 그러시면, 경비실에 신고하고 경찰에 신고할 거예요!"

조그마한 여자 아이 혼자서 이렇게 당당하게 말할 수 있었던 이유는 바로 옆에 내 집처럼 드나들던 이발소, 부동산, 슈퍼, 할인마트, 정육점, 세탁소 덕분이다. 좋은 이웃 덕분에 당당하게 나의 말을 할 수 있었다. 아저씨 두 명은 발 빠르게 도망을 갔다. 혹시 또 올까 싶어 그냥 이발소에서 학원 차를 기다리는 게 낫다고 판단하였던 나는 이발 소 문을 열고 들어갔다. 아저씨, 아주머니께 방금 일어났던 일에 대해 나누었다. 놀란 내 마음을 진정시키 위해 열심히 내 편을 들어주시던 이발소 아저씨와 아주머니, 그렇게 나는 또다시 이웃 덕분에 안전하게 살아갈 수 있게 되었다.

① 이웃의 도움을 받은 적이 있나요? 어떤 상황이었나요?

② 나는 좋은 이웃인가요?

# 44. 사람은 사람과 연결된다
## - 만남의 축복

바람이 솔솔 불고 초록색이 눈에 가득 담겼던 어느 날, 나의 인간관계 역사를 떠올려보았다. 그동안 만남의 축복이 정말 많다는 것을 알게 되었다. 지금의 내가 만들어진 것은 주변 사람의 영향을 받았다고 생각한다.

어렸을 때는 지금보다 더 외향적이어서 새로운 사람을 잘 사귀고는 하였다. 속사람보다는 겉사람을 주로 만났던 것 같다. 깊은 마음을 나누는 사람보다는 그냥 함께 놀 수 있는 사람에 중점을 두었던 과거의 나. 청소년기 때부터는 인간관계의 깊이에 대해 더 생각해 보게 된다. 새로운 무언가를 찾기보다, 현재 이어지고 있는 인간관계에 대한 깊이를 생각한다.

사람과 연결되는 부분에서의 장점을 떠올려보았다. 가장 먼저 떠오른 것은 개인이 가지고 있는 장점을 활용할 수 있다는 것이다. 도움이 필요할 때, 그 분야에 대해 자신 있는 사람에게 부탁하면서 배움을 얻으며 새로운 지식을 획득할 수 있다. 일방적으로만 받는 것이 아니라, 나의 달란트도 상대방에게 나눠줄 수 있다.

서로 돕고 살아가는 연결의 의미라고 생각한다.

사람 간의 관계가 연결이 될 때 지인이 겹쳤던 적이 있었는지 떠올려 보자. 의외로 내가 아는 사람이 상대방의 지인과 겹쳤던 적이 꽤 있을 것이다. '세상이 이렇게나 좁다니'라고 생각할 정도로 말이다. 우리가 이 세상을 살아가며 마음이 잘 맞는 사람을 발견할 수도 있지만, 그렇지 않은 사람도 만날 수 있다. 함께하다 보면 부딪히는 부분이 있고, 그로 인해 관계가 끊어지기도 한다. 관계적인 부분에서 마무리도 잘해야 한다고 생각한다. 언제 봐도 불편하지 않게 말이다. 관계를 꾸준히 이어야 한다는 말은 아니고, 사람은 사람과 연결되니 언젠가 다시 마주칠 수 있다고 생각하며 마무리를 해야 한다는 것이다. 지인의 지인으로 다시 만날 수도 있기 때문이다. 그래서 나는 사람과의 연결 고리를 끊어낼 때, 다시 만났을 때 불편하지 않도록 마무리를 맺는다. 상대방에 의해 화가 날 때, 도저히 용서할 수 없을 것 같을 때 그 사람의 장점을 찾는다. 장점을 찾다 보면 참 신기하게도 화가 나서 흥분되었던 마음이 가라앉는다. 그 상태로 관계를 마무리하는 것이다.

우리는 공적으로나 사적으로나 '사람'과 연결된다. 어린 시절에는 재잘대는 나의 이야기를 들어주고 늘 환대해 주시는 이발소 아저씨와 아주머니. 청소년 시절에 봉사할 수 있는 길을 열어주시는 봉사단 선생님. 카페경력이 없는 이유로 카페 아르바이트 면접을 두 번 떨어진 나에게 일을 해볼 수 있도록 기회를 주신 카페 사장님. 그냥 일상적인 소소한 이야기를 나눌 수 있도록 편하게 대화를 나눠주시는 교수님들. 언제든지 연락해도 이상하지 않을 정도로 친한 나의 친구들. 기쁜 소식이 있으면 함께 기뻐해주고, 속상한 날에는 다독여주는 나의 가족과 외가 친척들. 언제나 사람은 사람과 연결된다. 만남의 축복에는 끝이 없다.

① 인생을 살아가며 나와 잘 맞는 사람이 있었나요? 기억에 남는 에피소드는 무엇인가요?

② 삶을 살아가다 보면 나와 맞지 않는 사람이 있을 것입니다. 그 사람과의 관계는 지속하고 있나요, 마무리를 하였나요? 마무리를 하였다면 어떻게 하였나요?

# 45. 나도 언니 필요해, 낳아줘

어렸을 때부터 언니가 있는 사람이 부러웠다. 성장하는 과정에 있어서 궁금한 것을 물어볼 수 있고, 같은 동성끼리 교류할 수 있는 게 있으니 말이다. 언니가 있는 사람들이 언니에게 챙김 받는 모습을 볼 때마다 마음속으로 부러워하였다. 다짜고짜 집에 들어와 엄마 앞에서 당당히 외쳤다.

"엄마! 나도 언니 필요해요! 낳아주세요!"

저게 도대체 말이 되는 소리인지 의아해하는 표정으로 엄마의 대답이 돌아온다.

"네가 먼저 태어났는데 어떻게 언니를 낳아? 말이 되는 이야기를 해야지."
"정 필요하면 언니 같은 엄마 어때?"

내가 먼저 태어났는데 어떻게 언니를 낳을 수 있을까. 판타지 소설이 아니라면 불가능한 일을 현실에서 일어나기 바라는 정말 말도 안 되는 요구를 한 것이다. 실제로 이루어질 수 없는 일이라는 것을 깨닫고, 그 후에는 인생을 살아가며 좋은 언니를 많이 만나게 해달라고 소원을 빌었다. 참 감사하게도 어린 시절 순수한 마음으로 빌었던 소원이 이루어지고 있는 것을 실감하는 중이다.

내 인생에서 가장 힘들었던 시절, 학교 선배 덕분에 그 힘든 시기를 잘 이겨낼 수 있었다. 눈을 뜨면 좋은 글과 노래를 보내주었고, 복수 전공하는 사람이라 많이 바쁠 텐데도 자투리 시간이 있으면 나에게 전화를 해주었다.

1학년 때부터 4학년 때까지 함께 잘 지냈던 언니도 있다. 순둥순둥하게 생겼는데 성격도 순둥이다. 보통 언니가 동생을 놀리기 마련인데, 내가 언니를 놀렸다. 그 정도로 나를 편하게 만들어주는 언니다. 손발이 쿵짝 잘 맞던 언니라서 조별과제를 할 때 괜찮았다. 무엇보다 다른 사람의 일을 자기 일처럼 생각해 주고 공감해 주는 언니라서, 든든한 면도 있었다.

순하게 생겨서는 사실은 되게 강한 언니도 있다. 정말 속상한 일이 있었는데, 그것을 언니 앞에 털어놓았다. 그러자 언니는 "이야~ 비가 와서 땅이 축축하니 사람 묻기 딱 좋은 날씨인걸?"이라고 하였다. 얼핏 봐서는 섬뜩하고 무서운 말일 수 있다. 그런데 그날은 왠지 모르게 언니의 말 한마디가 나에게 큰 힘을 주었다.

나이 차이가 조금 많이 나도 무거운 공기 없이 편안하게 만들어 주는 언니도 있다. 언니와 함께 산책하면서 이야기를 하다 보면 시간이 가는 줄 모른다. 한바탕 웃으며 신나게 이야기를 하는데, 시간이 빠르게 지나가는 것처럼 느껴진다. 다른 사람들이 대화 내용을 들었을 때는 뭐 이런 일로 웃냐고 할 수도 있지만, 나와 언니 사이에서는 그냥 무슨 이야기를 하든지 늘 웃는 포인트가 있다.

이외에도 좋은 언니들이 더 많다. 언니가 있었으면 좋겠다는 내 소원을 신이 들어주셨는지, 그동안 인생을 살며 좋은 언니들을 많이 만났다. 어른스러운 부분, 나에게는 없는 부분을 바라보며 닮아가고 싶은 생각이 들었다.

① 언니(누나)가 필요하다고 생각이 든 적이 있나요? 이유는 무엇인가요?

② 주변에 좋은 사람이 있나요? 나에게 어떤 영향을 주었나요?

# 46. 빌런이 되어줘서 고마워

살다 보면 인생에서 빌런을 마주하게 된다. 빌런은 악당을 의미한다. 사람을 악한 이미지로 본다기보다는 나에게 해를 가하는 사람을 지칭하는 것이다.

'저 사람은 왜 저럴까?'
'왜 저렇게 이기적인 걸까?'
'생각이 꼬여 있네.'
'왜 나를 힘들게 할까?'

온갖 부정적인 생각을 하게끔 하는 사람이 있다. 그리고 길을 잘 가다가도 넘어지게 만든다. 네 이웃을 네 몸과 같이 사랑하라는데, 원수라고 느껴져도 사랑하라고 하던데, 생각보다 쉽지 않다고 느꼈다. 그래도 도전해 봤다. 사람을 미워하면 결국 내가 스스로 힘들어지게 만드는 것이니까. 그래서 고마워해보기로 하였다. 빌런이 되어줘서 고마워. 덕분에 글 쓸 때 더 몰입할 수 있으니 말이다.

나와 아무런 관계가 아니면서 함부로 말하고 다녔던 사람,
너무 당당하게 조별 과제할 때 버스 탑승했던 사람,
부러웠는지 온갖 시기 질투를 티 냈던 사람,
사람 간에 이간질을 하고 다녔던 사람,
거짓말을 해서 아무렇지 않게 속인 사람,
자기를 위에 두고 하대하던 사람 등.

참 많은 사람과 상황을 겪으면서 캐릭터화도 잘할 수 있을 거라는 생각이 들었다. 그래서 사람의 인생에는 고난과 역경이 오나보다. 결국 삶의 배움을 얻고 피와 살이 되는 것이다.

빌런을 마주하고 넘어졌을 때 계속 주저앉을지, 툭툭 털고 일어나서 앞으로 나아갈지는 본인 선택이다.

'교제를 할 때 아무렇지 않게 나를 속이고, 다른 여자와 놀아줘서 고마워. 덕분에 좋은 남자와 그렇지 않은 남자를 구분할 수 있게 되었어.'

'다 같이 하는 조별 과제에서 혼자 버스 탑승해 줘서 고마워. 덕분에 이 세상에는 참 별난 사람이 있다는 것을 깨닫게 되었어. 그로 인해 조장으로써 책임감이 올라갔어.'

'나에 대해 잘 알지도 못하면서 함부로 이야기하고 다녀줘서 고마워. 그로 인해 내 주변의 사람들이 나에 대해 좋게 생각하고 신뢰가 있다는 것을 느끼게 되었어.'

'갑을 관계를 형성하며 갑질해 줘서 고마워. 덕분에 나는 후배들에게 그렇게 하지 말아야지 하며 좋은 선배가 되어야겠다는 다짐을 하게 되었어.'

'자기보다 힘이 약해 보인다고 괴롭혀줘서 고마워. 덕분에 인내심을 기를 수 있었고, 나는 그렇게 하지 말아야지 다짐하는 시간을 가졌어.'

'그동안 나를 여러모로 괴롭혀줘서 고마워. 괴롭던 나날들이 모여 성장할 수 있는 계기가 되었고, 이러한 것들이 글을 쓸 수 있도록 발판이 되어주었어. 글의 재미를 느낀 나는 책을 쓸 수 있게 되었어.'

내 인생의 빌런이 되어줘서 고마워.

① 내 인생에서 빌런(악당)을 마주한 적이 있나요? 무슨 일이었나요?

② 나는 누군가에게 빌런(악당)일까요?

## 47. 젊을 때가 좋았지

사람들은 말한다. 그때가 좋았다고.

사람마다 말하는 시기가 다르지만, 하나의 공통점은 과거를 추억한다는 것이다.

10대는 영유아 시절이 좋았다고 이야기하고,

20대는 학교 다닐 때가 좋았다고 이야기하며,

30대는 멋모르고 다녔던 20대가 좋았다고 이야기한다.

40대는 그래도 도전해 볼 수 있었던 30대를 추억하고,

50대는 가장 꽃다웠던 청춘을 추억한다.

60대, 70대, 80대, 그 이상까지는 현재보다 더 젊을 때를 추억한다. 나이가 50인 사람이 지난날을 돌아보며 도전하지 못한 것을 후회할 때, 지금도 젊다며 도전해 보라고 용기를 북돋아준다.

나이가 점점 들면 결혼을 하기도 하고, 자녀가 생기기도 한다. 그렇게 '나'에 맞춰져 있던 초점이 '가족'에게 맞춰지고, 나를 위해

쓰던 것이 가족을 위해 쓰이게 된다. 그로 인해 자신이 원한 것을 이룰 수 없을 때도 있을 것이다.

내 주변에는 다시 젊어지고 공부를 할 수 있게 된다면, 그 시절로 돌아가고 싶다는 사람이 있다. 지금은 나무의 나이테처럼 얼굴과 손에 주름진 사람. 마음만은 그때 그 시절의 소녀 같은 모습. 그녀는 나를 바라보며 말한다.

"젊은 게 좋은 거여. 무엇이든 할 수 있잖여."

나는 지나간 과거를 후회하지 않는 편이다. 그런데도 굳이 이것만은 해볼 걸 하는 것을 꼽아보자면, 감사 일기를 쓰는 것을 선택할 것이다. 어린 시절부터 감사 일기를 꾸준히 썼더라면 지금보다 긍정적인 사람이 되었겠지 싶은 마음이다. 그래도 참 다행인 것은 현재 '감사'의 소중함과 중요함을 알고 있다는 점이다.

10년 후의 나는 아마 10년 전의 나를 추억하고 있겠지?

'10년 전의 나는 책을 한 번 출간해 보겠다고 밤낮으로 원고를 작성하고 수정했었지.'

'유치원을 출, 퇴근하며 아이들과 함께한 이야기를 웃음을 머금고 쓰고 있었지.'

'카페 알바를 해보고 싶은 마음에 지원을 했지만, 대차게 거절당하고 눈물을 뚝뚝 흘렸었지. 감사하게도 지인으로부터 카페 알바 제안이 들어와서 도전했었지.'

'가족들 다 꿈나라에 간 밤에 홀로 작은 조명을 켜고 타자기에 손가락을 올려 춤을 추었지. 한 글자씩 기록되는 밤, 남몰래 울기도 하였지. 그만큼 진심으로 글을 쓰고 언제 눈을 감았는지 모르게 단잠에 빠졌지.'

그렇게 10년, 20년, 30년, 그 이상이 지나고 과거의 나를 회상했을 때 왠지 뿌듯함이 바다처럼 몰려올 것 같다. 그때의 선택을 다행으로 여길 것 같은 마음과 함께. 젊을 때 꿈을 더 꾸고, 그 꿈을 이루기 위해 노력해야겠다는 다짐을 한다. 후회 없는 선택을 하고, 이미 선택을 했다면 나를 성장시키기 위함이라고 생각하기로 마음먹는다.

① 과거의 내 모습을 회상할 때가 있나요? 언제가 가장 좋았나요?

② 지금보다 젊어지고 싶을 때가 있나요?(과거로 돌아가고 싶은 적이 있었나요) 이유는 무엇인가요?

# 48. 목도리에 담긴 진심

## - 목도리가 전하는 진심

어렸을 때 '세이브 더 칠드런(Save the Children)'이라는 곳에서 신생아 모자 뜨기 캠페인을 열어서 참여한 적이 있다. 한 푼 두 푼씩 모아 놓은 땡그랑 동전을 차곡차곡 통장에 넣는 순간, 자그마한 것들이 모여 큰 기적을 이룰 수 있을 거라는 생각이 큰 기쁨이 몰려왔다.

청소년기 때부터 어려운 환경에서 살아가는 사람들에게 목도리를 선물하고 싶었다. 그러나 마음처럼 실행이 잘 되지 않았고, 실행을 하더라도 중간에 멈추기 일쑤였다. 그러다가 몇 년이 지난 후에 성인이 되어서야 어린 시절의 꿈을 이루게 된다.

나는 뜨개질을 좋아한다. 그 이유는 아무 생각 없이 실을 엮어 무언가를 만들어낼 수 있기 때문이다. 단순 작업인 뜨개질은 사실 집중을 하지 않으면 코를 놓치게 되고, 한 코를 놓치게 되면 커다랗게 구멍이 뚫려 버린다. 그래서 아무 생각 없이 하는 것 같으면서도 뜨개질 하는 행위에 집중하고 있다는 것을 알 수 있다.

나는 보통 생각이 복잡할 때 털실과 대바늘을 든다. 그렇게 조금씩 목도리를 뜨기 시작한다. 이번에는 꼭 목도리를 많이 만들어서 어렵게 살고 있는 사람들에게 선물해야지라는 굳은 다짐을 한다. 어디에 가서 누구에게 줄 건지 머릿속으로 생각하며 정성을 다한다. 그렇게 목도리가 하나, 둘씩 완성이 되었고 어느덧 가지고 있던 실타래를 다 썼다. 이제는 정말 거리에 나가 직접 목도리를 건네드릴 차례가 온 것이다. 낯을 조금 가리는 성격인 나는 도저히 혼자 가서 드릴 마음이 내키지 않아서 교회의 도움을 받아야겠다는 생각을 하였다. 교회 전도사님께 전화를 걸어서 나눔의 현장에 한 발짝 더 나아간다.

목도리를 나눠드릴 수 있는 당일이 되자, 만나기로 한 장소까지 가는 데에 심장이 두근거린다. 시중에 파는 목도리처럼 마감이 깔끔하지는 않지만 무엇보다 상대방에 대한 마음이 가득 담겨 있다. 그렇게 봉사를 하기로 한 장소에 도착을 하였고, 목도리를 필요해하시는 분들에게 하나씩 나눠 드렸다. 현장에 계시던 모든 분들에게 나눠드릴 수 있을 정도의 목도리의 수량이 되지 않아서 아쉬웠지만, 다음에 더 만들어서 와야지 하며 새로운 도전을 불러 일으키는 날이었다. 그렇게 아쉬운 마음을 안고 목도리를 받으시고 기뻐하시는 분들을 바라보며 마음이 따뜻해지면서도 몽글해짐을 느꼈다. 그러다가 내 앞에 한 사람이 딱 멈춰 선다.

“아이고~ 너무 고마워요. 이렇게 힘들고 어렵게 사는 사람들에게 직접 목도리를 선물해주시고~ 세상에 이런 예쁜 마음이 어디 있을까? 너무 고마워요."

엄마보다 연세는 많아 보이지만 우리 할머니보다 어려 보이시는 아주머니께서 내 손을 잡으시며 연신 고맙다고 말씀하셨다. 그 순간 눈물이 왈칵 흘러내릴 뻔했다. 왠지 모르게 울면 예의가 아닌 것 같아서, 속으로만 터져 나오는 울음을 인정하며 엉엉 울었다. 집으로 돌아오는 길에 다시 한 번 목도리를 떠서 어려운 상황에서 살고 있는 사람들에게 드리고 싶었던 꿈에 대해 생각하였다. 목도리를 뜰 수 있는 실력이 있다고 해서 생각할 수 있는 꿈이 아니라는 것을 마주하고서야 이 모든 과정이 신의 은혜였다는 것을 깨달았다. 내가 그동안 어떻게 살아왔고 무엇을 경험하고 봤는지 생각하다보니, 나누는 삶의 현장을 많이 봤고 경험했다는 것을 알게 되었다. 그저 바늘에 털실을 엮은 것뿐이지만, 그 작은 행동이 추운 겨울에 조금이라도 따뜻하게 보내실 수 있도록 하는 방법이 될 수 있음에 감사하다. 사람들에게 작은 희망을 선물해 드릴 수 있음에 감사하다.

① '나눔'이 무엇일까요?

② 누군가에게 나눔을 실천한 적이 있나요? 어떤 일이었나요?

에필로그

# 이 세상에는 절대로 당연한 게 없다

꼬꼬마 시절에는 엄마, 아빠가 해주시는 모든 것들이 당연한 것이라고 생각하였습니다. 자녀를 낳고 키우는 과정에서 의무가 있다고 말이죠. 틀린 말은 아니지만, 그 시절에는 감사함보다는 당연함에 초점을 맞춘 것처럼 보였습니다. 그러나 시간이 지나고 보니, 모든 순간이 감사해야 하는 일이고 이 세상에는 절대로 당연한 것이 없다는 것을 알게 되었습니다.

저는 어린 시절, 동네 사람들과 잘 어울려 지냈습니다. 아파트 상가에 있는 가게 주인아저씨, 아주머니들과 이야기를 잘 나누는 것은 물론, 지나가는 행인과도 이야기를 나눌 수 있을 정도로 외향적이었습니다. 집에 에어컨이 없던 시절, 해가 쨍쨍하던 날이면 무턱대고 집보다 시원한 경로당을 찾아갔습니다. 외할머니와 동네 할머니들과 함께 서늘한 마루에 앉아 놀았습니다. 윷놀이를 하기도 하고, 옥수수를 먹기도 하였습니다. 도심 속 시골 같은 나날이었습니다. 시간이 지나고 보니, 참 나를 사랑해 주시던 분들이 많았다는 것을 깨달았습니다.

이 사랑 또한 결코 당연하지 않은 것임을 말이죠.

20살, 갓 성인이 되고 이제는 내 앞의 인생을 창창하게 살아갈 수 있겠다는 생각이 들었습니다. 이제 막 사회에 발을 앞둔 작은 새싹이 기대를 부푼 것이죠. 두근거리는 마음을 잠시 내려놓고 저는 생각하지도 못한 일을 마주해야만 했습니다. 그동안 살을 부대끼고 지내던 사랑하는 사람이 별이 된 순간이었습니다. 지켜주지 못했다는 마음에 스스로를 자책하기도 하였습니다. 시간이 지나고 보니 이것 또한 나를 성장시키는 과정이라는 생각이 들었습니다.

어렸을 때는 부정적인 상황을 마주할 때, 그저 기분이 나쁘다는 감정에만 초점을 두었습니다. 그러나 점점 인생의 시간이 흐른 후에야 부정적인 상황 속에서만 얻을 수 있는 배움이 있다는 것을 깨달았습니다. 이 또한 감사해야 하는 것임을 알게 된 것입니다. 그 후로부터 사소한 것이라도 감사한 점을 찾기 시작하였습니다. 손과 발이 다 있는 것에 감사, 머리카락

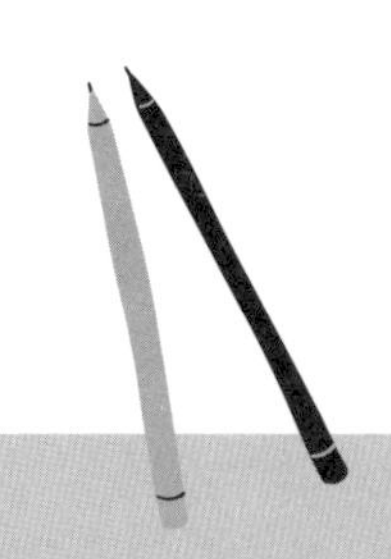

이 있음에 감사, 비 올 때 눈에 들어가지 않게 눈썹이 있음에 감사 등 그동안 사소하다고 느껴진 것부터 감사함을 느끼기로 하였습니다. 고등학생 시절, 학교 화장실에 따뜻한 물이 나오지 않아서 찬물로 손빨래를 했을 때, 세탁기의 소중함에 대해 다시 생각해 보게 되었습니다. 매일마다 즉석식품을 먹어야 할 때, 집밥의 소중함을 알게 되었습니다. 추운 겨울날 공중 화장실에서 찬물로 씻을 때, 집에서 나오는 온수의 소중함을 알게 되었습니다. 고등학생 때 겪었던 이러한 값진 시간 또한 절대로 당연한 게 아니라고 생각합니다. 돈을 주고 살 수도 없는 귀한 인생의 경험이죠.

그동안 인생에서의 감사한 순간을 생각하며 기록하면서 다시 한번 이 세상에는 절대로 당연한 게 없다는 것을 되뇌어보았습니다. 앞으로도 일상 속에서 작은 감사함이라도 누리며 살아가야겠다고 다짐하며 저에게 참 소중한 책인 『당연하지 않은 것들』을 마무리합니다.

당연하지 않은 것들

**초판 1쇄** 2025년 3월 25일
**지 은 이** 박세은
**펴 낸 곳** 하모니북
**발 행 인** 박화목

**출판등록** 2018년 5월 2일 제 2018-0000-68호
**이 메 일** harmony.book1@gmail.com
**전화번호** 02-2671-5663
**팩 스** 02-2671-5662
**홈페이지** harmonybook.imweb.me
**인스타그램** @harmony_book_

**979-11-6747-246-5 03810**


**책값은 뒤표지에 있습니다.**

이 도서의 국립중앙도서관 출판예정도서목록(CIP)은 서지정보유통지원시스템 홈페이지(http://seoji.nl.go.kr)와 국가자료공동목록시스템(http://www.nl.go.kr/kolisnet)에서 이용하실 수 있습니다.